LA LECTURE ET LA RÉCITATION A L'ÉCOLE

(Anthologie littéraire et artistique.)

La Ronde des Saisons, par Louis Dumont. Introduction par Edmond
Blanguernon, Inspecteur d'Académie.
Cours élémentaire. (*En préparation*).
Cours moyen et supérieur. 1 volume, cartonné. . . . . 1 fr. 25

LA RONDE
DES SAISONS

Par Louis DUMONT
Introduction par Edmond BLANGUERNON,
::::::::::::::::: Inspecteur d'Académie :::::::::::::::::

HORS-TEXTES DE J.-B. MILLET ET HENRI RIVIÈRE
VIGNETTES DÉCORATIVES PAR LAFORGE

Librairie Larousse, Paris
13-17, rue Montparnasse.

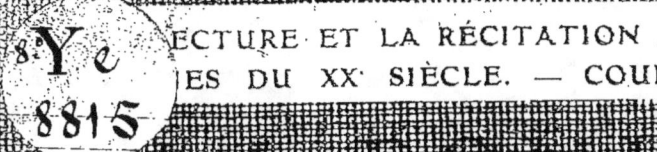

LECTURE ET LA RÉCITATION A L'ÉCOLE
ES DU XXᵉ SIÈCLE. — COURS MOYEN

LA RONDE
DES SAISONS

INTRODUCTION par EDMOND BLANGUERNON

LA RONDE
DES SAISONS

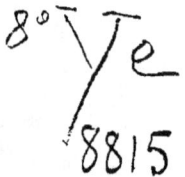

Par autorisation spéciale de l'Artiste et de l'Éditeur, la plupart des belles images hors texte qui ornent ce livre sont la reproduction, en noir et très réduites, des superbes estampes en couleurs de Henri Rivière, *recommandées pour la décoration des classes par la* Société française de l'Art a l'École.

Pour se procurer celles-ci, s'adresser à la Société, 26, quai de Béthune, qui fait bénéficier ses adhérents d'un prix de faveur et les livre tout encadrées.

AUX INSTITUTRICES,
AUX INSTITUTEURS DE FRANCE

*V*OICI *un livre neuf et beau, et dont la présenta-
tion me semble bien superflue.*

*Ne se recommande-t-il pas de lui-même par son
élégance et sa grâce? Il est aussi agréable à manier
que plaisant à l'œil. Les poèmes s'y déroulent entre
de larges et hautes marges, comme d'harmonieux
ruisseaux entre de belles rives, au bord desquelles le
crayon magicien des artistes fait surgir des clochers,
travailler des villages, paître des troupeaux, houler
des blés, serpenter des routes, moutonner des bois...*

*Et puis, ce livre, n'est-ce pas un de vos collègues
qui vous l'offre, comme un merveilleux bouquet
cueilli dans un idéal voyage, d'un geste de franche
amitié? C'est à l'école que cet instituteur-poète —
un exquis poète — a voulu rapporter sa gerbe.*

*Mais peut-être vous défiez-vous des nouveaux
recueils. Encore une anthologie? Encore un cours de
récitation? N'en est-il pas assez qui dorment sous la
poussière des plus hauts rayons, dans les ténèbres
des placards? Changer, papier et couverture, l'habit
de La Fontaine, de Florian, de Lamartine, de Victor
Hugo, de Theuriet, de Sully Prudhomme, de
M. Jean Aicard? à quoi bon?...*

*— S'il vous plaît, regardez la table des matières.
Ces poètes ne sont pas les chanteurs attitrés de l'école
primaire. A peine en trouverez-vous un dont vos
élèves récitent quelques vers et sachent le nom.*

*— Mais alors?... — Non, ne craignez rien. Qui
méditerait ce ridicule et sacrilège ostracisme? Tous*

ces poètes qui hantent à bon droit les recueils de morceaux choisis, qui sont devenus nos classiques, nous les aimons, et vous continuerez à les lire, à les commenter, à en enrichir la mémoire et le cœur de vos élèves.

Mais à côté d'eux, à côté des livres où persiste le plus humain et le meilleur, puisqu'il touche l'âme des petits, des poètes traditionnels, n'y aura-t-il pas une place pour cette RONDE DES SAISONS ?

Ils seront, les aînés, les classiques, comme des aïeuls toujours honorés, autour desquels des adolescents, des jeunes filles, des enfants rieurs nouent une farandole de vie légère. Les aïeuls restent nobles et beaux, mais la jeunesse n'a-t-elle pas sa précieuse fraîcheur, ses ravissantes promesses ?

Ouvrez ce livre, où chantent des voix claires, et goûtez maintenant, après celle des voix, la nouveauté du dessin. Car, cette anthologie a l'audace charmante de vouloir être tout autre chose qu'une collection de pages juxtaposées au hasard, sans autre prix que leur valeur individuelle. Ici, chaque poème fait un accord dans une symphonie, une couleur fondue dans un tableau : le tableau de la terre qui verdoie, poudroie, se dore d'épis, se poudre de neige, — la symphonie de la terre, dont les brises murmurent, dont les vents sifflent, dont les oiseaux chantent, dont les ramures bruissent ou se plaignent sous les rafales, où les voix des hommes mettent le son des cœurs.

Regardez... Couronné de pampre, de houx et de gui, de prunellier et d'aubépine, d'églantines, d'épis, un chœur virginal se lève de ces pages harmonieuses. Femmes, déesses, fées, elles tendent vers nous leurs mains rythmiques : elles nous jet-

tent un charme. Puis elles nouent leur ronde souple : les Mois dansent...

Et soudain nos yeux voient. Ils voient le doux pays natal, la terre maternelle, sortir lentement des voiles gris de l'accoutumance ; ils découvrent l'adorable beauté des choses familières : le ciel a d'exquises nuances de pastel, les champs ont des houles larges et la majesté de l'océan, les arbres montent au ciel comme une aspiration élancée de la terre, les verdures des bois qu'on voyait — qu'on ne voyait plus ! — tendues comme un rideau monotone, élargissent, jusqu'aux lointains violets, leur draperie somptueuse où se mêlent et s'exaltent, faune et flore, toutes les nuances et tous les chants.

Et maintenant, dans l'air auguste qui baigne et harmonise tout, les gestes des plus humbles besognes reprennent la noblesse de leurs lignes. Ces vendangeurs, ces bergers, ces faneurs, ces batteurs de blé : mais on les découvre avec les yeux de Théocrite et de Virgile ! Ce village qui assied ses maisons basses au long de la route grise et rose, ces sillons roux qu'on laboure, cette forêt aux longs fûts caressés du couchant : mais ce sont des Puvis de Chavannes, des Rivière, des Millet. Et ce forgeron aux bras de bronze, n'est-ce pas un Constantin Meunier ?...

Puis l'âme s'affine en même temps que les yeux s'émeuvent : on écoute, parmi les rumeurs des métiers des braves gens, passer des chansons humaines où s'expriment — enfin ! — des âmes inhabiles ; et l'on sent mystérieusement monter la grande palpitation de la terre natale : « Connaissez-moi... Aimez-moi... Restez-moi !... »

La Ronde des Saisons tourne lente et belle...

Voilà ce livre de francs poèmes. Ouvrez-le : vous y trouverez la chanson qui dit le mois et le jour, suivant la mélancolie ou la joie nuancée du temps qui passe. Que vos enfants l'écoutent, nouvelle et fervente, et la répètent à leur tour. Qu'elle vous incite à sortir des murs de l'école, et que vous alliez la faire entendre devant la nature vivante qu'elle traduit et célèbre, et qu'elle vous aide à faire comprendre la nature et la vie. Que les écoliers de France ne soient plus les aveugles et les sourds étranges, dont parle le Psalmiste, qui ne voient ni n'entendent, bien qu'ils aient des oreilles et des yeux.

Révélez-leur la beauté de la vie simple dans la nature libre. Faites-les riches, indiciblement riches : donnez-leur la jouissance du ciel et de la terre de leur pays.

EDMOND BLANGUERNON,
Inspecteur d'Académie de la Haute-Marne.

LA RONDE DES SAISONS

i. La Chanson des Mois.

Oh ! ces mois, tous ces mois, qu'ils sont beaux et divers !
Octobre aux pampres roux ; Juin aux épis verts...
Mars déplisse l'azur, Mai enjambe les roses (1).
Ainsi qu'un agrion (2), Août, sur l'eau se pose
Et bat le soleil d'or de ses ailes d'argent.
Dans de la pluie, on voit Février voltigeant,
Et léger, attendri, quand parfois il se penche,
Dans les fossés mouillés il pleure une pervenche.

Juillet est plein de coquelicots et de cris.
Décembre met le rouge-gorge autour des contes (3),
Et, comme un écolier, Avril, aux gaîtés promptes,
Lance une giboulée aux amandiers fleuris.

1. Les mois sont comparés à des personnes ; cette comparaison, fréquente chez les artistes (Les Mois d'E. Grasset) permet au poète des raccourcis de pensée charmants, et, en quelques mots vivants et imagés, de donner la caractéristique de chacun d'eux.

2. *Agrion :* petite libellule d'été aux ailes argentées et transparentes.

3. Pendant l'hiver, quand la neige sévit, le rouge-gorge vient frapper aux vitres de la maison lumineuse et tiède, et passe, si on lui ouvre, les mauvais jours à côté de la cheminée.

Janvier, le noir veilleur des blanches citadelles (1),
Mars dont les yeux sont pleins de retours d'hirondelles,
Mars qui galope après son bonnet si souvent,
Mars, perdant un morceau de ciel bleu dans le vent...

Avril, un colporteur qui rit et se recueille,
Et, de vert habillé, porte un ballot de feuilles,
De la terre qu'on fume a l'âcre et bonne odeur...
Avril grelottant d'air et de pois de senteur.

Septembre, voyant fuir de la forêt qu'il cogne,
Le long vol migrateur d'une blanche cigogne.
Février, sur les toits, danse le pied en l'air,
Et se suspend à la girouette de fer,
Février, l'étourdi qui se casse les ailes...

Mai soufflant dans les prés les graines des ombelles.
Juillet garrotté d'or aux pieds du moissonneur (2).
Juin qui fait à l'aube un geste de passeur... (3)
Novembre recherchant le cœur perdu des braises,
Août, prince indien... Et Septembre rêvant,
Car la tiède forêt sent de nouveau la fraise,
Car le colchique mouille un pré de vieux couvent...

Juin s'endort en pleine mauve bourdonnante (4) ;
Octobre brame, court dans les forêts qu'il hante,
Et Décembre, si beau sous le givre qui luit,
A, sur son bonnet blanc, une branche de gui.

Hélène PICARD.

Les Lauriers sont coupés (E. Sansot et Cⁱᵉ).

1. Les maisons couvertes de neige.
2. En juillet les moissonneurs coupent les blés roux, qui sont la riche robe de la terre et de la saison. Celle-ci, alors, est pareille à une femme en robe d'or qu'on aurait attachée au sol par des liens d'or.

3. Le jour se lève de bonne heure on dirait appelé, comme par un passeur auprès d'un fleuve, par le beau mois.
4. Le soir, le ciel est mauve, vert, moiré et rose, et il y a le murmure de tous les insectes et la chanson de tous les oiseaux.

2.

Fructidor.

Fructidor (1) a versé sa corne d'abondance (2),
Lourde des fruits qui sont la gloire du verger,
Et que la ménagère aime à bien arranger
Sur le noyer luisant de la vieille crédence.

Voici le raisin noir et le raisin ambré,
La pomme aux tons changeants, la poire bonne et belle,
La douce reine-claude avec la mirabelle,
La pêche rougissante et l'abricot doré.

Leur parfum pénétrant remplit toute la chambre,
Et quand la guêpe d'or, qu'attirent les fruits d'ambre,
Guette la prune blonde ou le muscat vermeil (3),

Avec un linge blanc la bonne ménagère
Cache à la maraudeuse et défend du soleil
Le trésor savoureux qui garnit l'étagère (4).

Henri CHANTAVOINE.

Aux Champs (Hachette et Cⁱᵉ).

1. *Fructidor :* 12ᵉ mois de l'année républicaine; le mois des fruits, du 18 août au 16 septembre.
2. *Corne d'abondance :* attribut des divinités d'autrefois, de celles qui présidaient à la fécondité de la terre, des vergers, des jardins et des bois, et qui consistait en une corne torse de laquelle débordaient des fruits ou des fleurs.
3. *Muscat vermeil :* espèce de raisin très parfumé et doré.
4. La ménagère cache à la guêpe et protège du soleil, avec un linge blanc qu'elle étend par-dessus, les fruits qui garnissent le buffet.

3. La Place du village.

Et c'est, au jour tombant, la place du village ;
Voici son banc moussu, son antique abreuvoir
Blottis sous les tilleuls au chantonnant feuillage,
Qu'envahissent déjà les brumes bleues du soir.

Le troupeau indolent, qui chevrote et rêvasse
Et rapporte l'odeur des champs dans ses toisons,
Autour de la margelle étroitement s'entasse
Et boit l'or du couchant parmi les verts cressons (1) ;

Tandis que le berger, sur sa fruste (2) houlette (3)
Appuyé, en terreux et loqueteux habits,
A côté du bélier rétif et des brebis,

Des agnelets gourmands avidement qui tettent,
Heurtant de leur front dur et tenace les pis,
Sculpte dans l'air dormant sa rude silhouette (4).

Marie DAUGUET.

Les Pastorales (E. Sansot et Cⁱᵉ).

1. L'eau, entre les cressons, se teinte d'or sous les rayons du soleil couchant, et les animaux ont l'air de boire de l'or.
2. *Fruste :* grossière.
3. *Houlette :* bâton de bois terminé par une sorte de cuiller dont le berger se sert pour ramener les brebis indociles.
4. Il se dresse, sombre, sur l'horizon, immobile et tout semblable à une statue.

4. L'Automne.

Saison fidèle aux cœurs qu'importune la joie (1),
Te voilà, chère Automne, encore de retour.
La feuille quitte l'arbre, éclatante, et tournoie
    Dans les forêts à jour.

Les aboiements des chiens de chasse au loin déchirent
L'air inerte (2) où l'on sent l'odeur des champs mouillés.
Gonflés d'humidité, les prés mornes soupirent (3)
    En cédant sous les pieds.

Les oiseaux voyageurs, par bandes, dans les nues,
Émigrent vers le Sud et les soleils plus chauds.
Les laboureurs, penchés sur les lentes charrues,
    Couronnent les coteaux.

Le soir, à l'horizon, parfois, le ciel est rose;
Des troupes de corbeaux traversent le couchant;
Dans le creux des sillons de la plaine repose,
    Pensive, une eau d'argent (4).

              Charles GUÉRIN.
        L'Homme intérieur (Mercure de France).

1. Saison qu'aiment ceux qui sont mélancoliques et les malades.

2. *L'air inerte* : l'air immobile, où ne passe pas un souffle de brise.

3. Quand on marche dans les prés humides, le sol cède sous les pieds avec un petit bruit étouffé et plaintif qui ressemble à un soupir.

4. L'eau immobile au creux des sillons ressemble à un fragment d'argent que les dernières clartés rendent lumineux.

5. La Prairie.

C'est une prairie gardée par de grands arbres
Et verte dans les mailles de l'eau courante
Qui se faufile claire et cachée (1).
Les oiseaux y sont rares,
Mais on voit courir les poules dans la forêt
Autour de leur cabane.
De l'autre côté du saule
Il y a des fougères
Qui s'agitent et se frôlent
De leurs dentelles vertes ;
Et le long de la haie de coudriers
Les noisettes blanches
Se balancent
Dans de courtes gaines frisées (2).

On se souvient d'être passé
Par le pont des bouquets
Où les laveuses, au bord de l'eau qui brûle,
Battent le linge
Sous le vol des papillons et des libellules.

Et le temps y devient si doux
Que l'on pourrait presque oublier là, dans l'herbe,
Le petit pré et le buisson de houx (3).

Marius MARTIN.
(Mercure de France.)

1. *Se faufile :* glisse sous les buissons, les herbes, parce qu'elle n'est que l'eau d'un petit ruisseau paysan qui, tour à tour, apparaît, disparaît.
2. La cupule qui protège la noisette est faite de feuilles dentelées et frisées.
3. Il fait si bon qu'on pourrait s'y endormir, ou tout au moins s'y asseoir pour laisser flotter au hasard sa pensée et sa rêverie.

6. La Vieille Paysanne.

Maintenant, elle habite au bout du vieux village
Un chaume humilié (1), las de pluie et de vent,
Au bord du sentier creux comme son doux visage,
Une sente d'oubli (2) qu'on ne prend pas souvent.

Un tout petit jardin rêve devant la porte,
Tranquille, avec des fleurs naïves d'autrefois,
Sous le larmier (3) du toit sèchent les branches mortes
Qu'elle va ramasser sous les arbres des bois.

Elle a quatre rosiers tordus, vieux et fidèles ;
Un grand géranium au soleil resplendit.
Septembre en s'en allant fleurit ses immortelles
Et ses grands tournesols couleur d'après-midi.

Dans ses fraisiers des bois mélangés aux pervenches,
Sa vieille chatte, en rond, dort ou paraît songer.
Et, sur la haie en fleurs, deux aubépines blanches
Au seuil du jardin clair font un portail léger.

Francis YARD.
A l'Image de l'Homme (B. Grasset).

1. *Un chaume humilié :* une maison couverte en chaume et qui s'en va de vieillesse.
2. *Une sente d'oubli :* un sentier où l'on ne passe presque plus, qu'on semble avoir oublié.
3. *Larmier :* saillie du toit qui renvoie l'eau de pluie assez loin du pied.

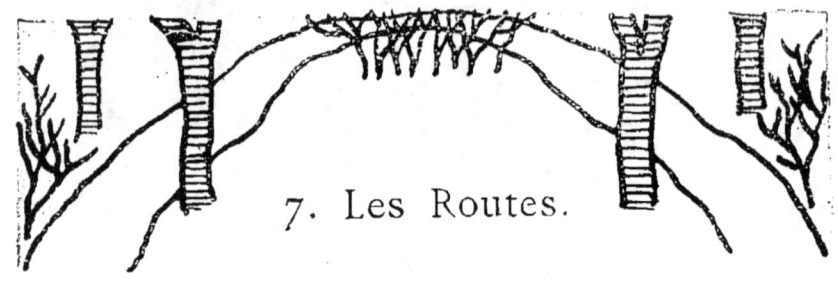

7. Les Routes.

Pendant l'hiver morne et tassé
Autour des âtres (1),
Les grand'routes grisâtres
Semblent traîner au loin sous un ciel lourd et bas.
Mais dès que les beaux jours les réchauffent là-bas,
Toutes se réveillent, jeunes comme la vie.
Leurs grands gestes à travers champs convient
Au travail vaste et clair,
Hommes, chevaux, herses, charrettes,
Et les gamins et les fillettes
Qui s'arrêtent parfois pour écouter dans l'air
Le chant flûté et saccadé d'une alouette (2)

Alors
Les grand'routes, dès le matin, partent d'accord
Sous les rameaux et les ombrages
Vers les prés et les eaux, les bourgs et les villages;
Et sans fatigue et sans repos
Elles longent le mur ou le fossé des clos (3);
Elles se haussent ou s'inclinent
A contourner les flancs inégaux des collines·
Elles tardent soudain à s'en aller plus loin
Quand embaume le trèfle ou que fleure le foin
Parfois, l'ombre grande des nues
Flotte seule à midi sur leur surface nue;

1. Pendant l'hiver triste où tout le monde reste au coin du feu.
2. Les routes ont l'air de ressentir les impressions des hommes; elles sont tristes en hiver et joyeuses en été.
3. Même impression : les routes ont l'air d'être vivantes et de marcher vraiment.

On les voit traverser les clairs arpents de blé
Où s'activent les bras d'un travail rassemblé ;
L'une s'éloigne à droite et puis sinue à gauche,
Vers un fermier qui bine ou vers un gars qui fauche ;
L'autre descend très humblement tracer un rond
Autour de la cabane où vit un bûcheron.

   Les plus hautes et les plus larges
Transportent sur leur dos de si compactes charges
Qu'à les voir s'en aller, par les couchants vermeils,
Avec leurs charrois pleins et leurs lourds attelages,
On croirait que les tours et les toits d'un village
   Sont en marche vers le soleil (1).

Émile VERHAEREN.
Les Blés mouvants (G. Crès).

8. La Vieille Route.

La vieille route abandonnée
Depuis tant de jours et d'années,
Loin du hameau désert et gris,
Gravit doucement le plateau
Et porte comme un lourd fardeau
Quelques vieux ormes rabougris... (2)

Infiniment lasse, elle va,
 Là-bas, là-bas, cahin-caha,
Vers la lande pierreuse où ne passe personne.

1. Magnifique comparaison et très pittoresque. Les charrettes lourdes, au crépuscule, donnent en effet l'impression d'un village qui marche.

2. *Rabougris :* mal venus, tortueux, parce que le sol est pauvre.

Où ne grince nul attelage,
Et c'est si loin de tout village
Qu'on n'entend pas l'heure qui sonne.

La vieille route n'en peut plus :
Elle n'a plus ni fossés, ni talus,
La vieille route entre en plein bois,
Dans les taillis et les broussailles ;
Un désert d'arbres : nulle voix
De bûcheron au loin, nulle sonnaille
Annonçant la clairière où quelque vache broute.
Un sombre silence effrayant
Tombe des arbres malveillants
Qui semblent aux écoutes (1).

La vieille route
Se traîne encore, hésite et doute,
Dans les gorges et les fourrés
Qui la déroutent.
Et les lacis enchevêtrés (2)
Des ronces, du lierre et du houx,
Embarrassant sa marche tout à coup,
Au noir ravin couru des loups,
Elle finit, on ne sait où,
La vieille route.

André MARY.
Les Sentiers du Paradis (E. Sansot et Cie).

1. Dans les endroits solitaires, les arbres ont l'air d'êtres malfaisants parce qu'on a peur, et ils ont aussi, parce qu'ils sont penchés, tordus, cagneux, l'air de brigands qui écouteraient un bruit de pas, le bruit des pas du voyageur égaré qu'ils vont détrousser. La solitude, comme la nuit, rend plus poltrons encore les poltrons.

2. L'embroussaillement inextricable des tiges rampantes dans lesquelles le pied se prend quand on marche. Puisque le poète, comme Émile Verhaeren déjà, dans son poème *Les Routes*, compare la route à un être en marche, toutes ces tiges mêlées qui croissent sur ses bords et rampent sur elle semblent embarrasser ses pas.

9. Les Lavandières.

Au bord du ruisseau lent qui chante sur les pierres,
Plein de vairons (1) d'argent qui filent en éclairs,
De canards bleus et or et de grands iris verts,
Sonnent les lourds battoirs pressés des lavandières.

Le haut soleil épanche en larmes de lumière (2)
L'or blond de ses rayons qui scintille et se perd
Dans les cheveux luisants et le corsage ouvert
D'une femme qui rit, et, mélangeant des lierres

Avec des roseaux noirs, se tresse une couronne
De feuillages épais. Sur les cordeaux tendus
Entre les saules bas, des draps sont étendus,

Et leur blancheur éclate entre les arbres nus
Où montent tendrement les parfums confondus
Du linge frais, du matin vif et de l'automne.

Louis DUMONT.
De l'Ombre et de la Solitude (Le Beffroi).

1. *Vairon* : petit poisson argenté des rivières et des ruisseaux.
2. Par terre, entre les feuilles des arbres et des buissons, les taches rondes du soleil ont l'air de gouttes d'or, de larmes blondes.

10. La Guêpe.

Un sourd bourdonnement de guêpe qui maraude
Par bonds légers se heurte à la vitre sonore,
Diminue et s'arrête un peu, s'acharne encore (1),
Puis s'éloigne, et, parmi l'ardent silence, rôde.

Le soleil sur les prés lumineux d'émeraude
Décline en chauds rayons dont la chambre se dore ;
Toute la maison vibre ainsi qu'une mandore (2)
De ce bruit qui, sans fin, la vrille et la taraude (3).

Et, longtemps, ce vol fou, par toute la maison,
Comme une âme qui bat les murs de sa prison,
S'exaspère à l'écho lointain du corridor (4) ;

Mais j'ouvre tout à coup la vitre au frais jardin,
Et la guêpe, en un bruit ronflé qui meurt soudain,
S'échappe et monte au ciel comme une bulle d'or.

Fernand GREGH.
Les Clartés humaines (E. Fasquelle).

1. *S'acharner :* s'attacher, s'obstiner à faire quelque chose ; dans la poésie, s'obstiner à sortir malgré la vitre qu'elle ne voit pas et qui chaque fois l'arrête.

2. *Mandore :* instrument de musique à quatre cordes, au son très doux, presque inusité aujourd'hui.

3. *Ce bruit qui.. la taraude :* le bruit a l'air de tourner, de pénétrer dans la chambre comme une vrille, un taraud entrent dans le bois.

4. Dans la torpeur du jour lumineux et chaud, où il n'est pas d'autre bruit que le fredon aigu de cette guêpe, ce bourdonnement semble le cœur, l'âme de la maison qui l'emprisonne, et l'écho du grand corridor nu et vide le fait paraître plus violent, plus étrange encore. On en arrive à ne plus entendre que lui. Rappelez-vous des impressions semblables dans le grand silence brûlant des après-midi d'été. Le moindre bruit paraît énorme.

11. Octobre.

Mon jardin est là-bas, derrière la colline,
Et ma fontaine est douce où des roseaux s'inclinent
Sur l'eau bleue au matin et jaune vers le soir.
La bêche, en le heurtant, fait tinter l'arrosoir
Car, la tâche finie, on les rentre, et la bêche
Luit sur l'épaule comme une arme bonne et fraîche (1),
Et l'eau s'égoutte encor du crible de la pomme.

. . . .

L'ombre vient; l'herbe se fonce; la terre est brune;
Le sable de l'allée est blanc le long du buis;
Le cep rompt sous la grappe, et l'arbre sous le fruit
Oscille, feuille à feuille, à son poids qui l'incline (2),
Car l'automne est déjà derrière la colline;
Il vient, et avec lui bientôt il va falloir
La corbeille et la serpe au lieu de l'arrosoir,
Et vendanger la treille et cueillir l'espalier,
Et voir dans l'eau toutes les tiges s'effeuiller
Au vent mystérieux où chaque année emporte
L'hirondelle qui fuit avec les feuilles mortes.

Henri DE RÉGNIER.
Les Jeux rustiques et divins (Mercure de France).

1. Elle est luisante et bien entretenue, pareille à l'arme claire du bon soldat.

2. L'arbre, chargé de fruits, tremble, au moindre souffle du vent, de toutes ses feuilles.

12. Les Petites Fumées.

Lorsque la paix du soir dans sa splendeur éteinte
Berce le son lointain de la cloche qui tinte
  En chuchotement d'oraisons (1),

Graves, des hameaux bleus, parmi les frondaisons (2),
Sur le rêve étoilé des brumeux horizons (3),
  Montent les petites fumées.

Toutes, vers la même heure ensemble ranimées (4),
Pieusement, au fond des demeures aimées,
  Dressent le signal du retour.

Elles disent : « Quittez le sillon du labour !
Hommes, reposez-vous, à l'exemple du jour
  Las de travail et de lumière.

Rentrez au gîte sûr où la bonne fermière
Trempe pour votre faim la soupe coutumière
  Sur les brasiers étincelants. »

Et la frêle fumée, éparse sur les flancs
Des noirs coteaux, exhale en minces filets blancs
  L'encens des vertus patientes (5)...

Gustave Zidler.
La Terre Divine (Lecène et Oudin).

1. Le tintement de la cloche lointaine dans le soir est à peine perceptible, assourdi comme le bruit d'une oraison, d'une prière murmurée dans l'ombre.

2. *Frondaisons :* la masse des feuillages.

3. Sur la douceur de l'horizon bleu qui s'embrume et où s'allument les premières étoiles.

4. A l'heure du dîner, on rallume le feu dans toutes les maisons.

5. Elle indique que la maison, tranquille et paisible dans la douce soirée, n'est habitée que par des gens simples, pacifiques et patients. La maison est d'ailleurs le domaine de la fermière, qui y vit plus que son mari, toujours aux champs.

HENRI RIVIÈRE.

UN VILLAGE, LE SOIR.

13.

Le Vieux Paysan
doux.

Le vieux paysan doux et campé tout d'un bloc (1),
Surveillant ses grands bœufs au bout de la tournière (2),
Leur caresse le front. La charrue dont le soc
Reluit, demi-plongé encore dans la terre,

Attend. Il labourait au premier chant du coq
Et laisse ruminer tranquille l'attelage.
C'est un sentimental, et même, par raccroc,
Un sage (3). — Tous les siens sont morts, rien au village

Qui l'aime. Mais Pommé et Grivelot (4) sont là,
Le comprenant, sachant ce qu'il veut, et voilà
Pourquoi, s'il parle d'eux, sa figure brunie

S'éclaire d'un sourire tendre et que, soigneux,
Il flatte de la main leur pelage soyeux
Et dit, sans honte aucune : « Ils sont ma compagnie. » (5)

Marie DAUGUET.
Les Pastorales (E. Sansot et Cie).

1. *Tout d'un bloc :* dressé, solennel et raide.
2. *Tournière :* l'endroit où tourne le champ, le contour.
3. Il est sensible et doux, et, en plus de cela, il est sage.
4. Ses deux bœufs.
5. Puisqu'il est seul, sans personne qui l'aime, il s'est attaché à ses compagnons de travail.

14. Ronde de Petites Filles.

Dansez, petites filles, tournez sur vous-mêmes,
Et chantez les bras étendus, ivres de vivre,
— Assez tôt viendra la peine —
Chantez et dansez à la fois,
Et puis reposez-vous comme de folles grives,
Petites buveuses de joie (1) !
Faites à la vie vos gracieuses mines (2),
Le vent gonflera vos robes légères
Vous ressemblerez à des ballerines (3),
Dansez et chantez sous le chaud soleil,
Chantez en dansant, guêpes bourdonnantes,
Et que vos cheveux volent sur vos tempes ;
Quand vos petits pieds éperdus
Sentiront pousser leurs petites ailes (4),
Chantez et dansez, mes petites belles
— Ces beaux jours de joie ne reviendront plus (5) —
Prenez-vous les mains et formez la ronde,
Car le ciel est bleu et les oiseaux chantent,
Avant que la vie ne vous soit méchante,
Petites filles qui êtes au monde
Dansez et chantez !

Marie et Jacques NERVAT.
Les Rêves unis (Mercure de France).

1. Petites filles qui êtes avides de plaisir comme la grive est gourmande du jus des raisins.
2. Vos plus jolis sourires.
3. *Ballerines :* danseuses.
4. Quand vous serez lancées dans une ronde si folle que vos pieds vous sembleront avoir des ailes.
5. L'enfance joyeuse et insouciante est vite passée ; ce seront bien vite les soucis et les peines de la jeunesse et de l'âge mûr.

15. Le Chaland [1].

Sur l'arrière de son bateau,
Le batelier promène
Sa maison naine
Par les canaux.

Elle est joyeuse, et nette, et lisse,
Et glisse
Tranquillement sur le chemin des eaux.
Cloisons rouges et porte verte,
Et blancs et tuyautés rideaux
Aux fenêtres ouvertes.

Et sur le pont, une cage d'oiseau:
Et deux paquets et un tonneau;
Et le roquet qui vers la rive aboie
Et dont l'écho renvoie
La colère vaine vers le bateau (2).

1. *Chaland :* bateau plat, sorte de péniche, avec lequel on transporte des marchandises sur les canaux et les rivières.

2. Le chien aboie à quelque chose d'insolite qu'il a vu sur la rive; mais, comme il ne peut quitter le bateau, sa colère est vaine.

Le batelier promène
Sa maison naine
Sur les canaux.

Il transporte des cargaisons (1),
Par tas plus hauts que sa maison :
Sacs de pommes vertes ou blondes,
Fèves, pois, choux et raiforts
Et quelquefois des seigles d'or
Qui arrivent du bout du monde.

Il sait par cœur tous les pays ;
Il fredonne les petits airs de fête
Et les tatillonnes (2) chansons
Qu'entre-choquent, en un tic tac de sons,
Les carillons.

La pipe aux dents,
D'un coup de rein massif et lent (3),
Il manœuvre son gouvernail oblique ;
Il s'imbibe de pluie, il s'imbibe de vent (4),
Et son bateau somnambulique (5)
S'en va le jour, la nuit,
Où son silence le conduit.

Emile VERHAEREN.
(Mercure de France.)

1. *Ses cargaisons* : le chargement de son chaland.
2. *Tatillonnes* : méticuleuses, pleines de petits détails, de notes qui vont, viennent, se mêlent et reviennent, toujours les mêmes, dans les carillons des beffrois.
3. En s'appuyant des reins fortement sur la barre du gouvernail.
4. Il est pénétré par la pluie et fouetté par le vent.
5. Son bateau qui ne fait pas de bruit, qui a l'air de toujours être endormi.

16. Le Berger.

Le soir, tranquille et clair, s'étend aux plaines hautes,
Et le dernier troupeau descend d'un pas égal
Vers la dernière étable ouverte au fond du val.
La lune émerge, ronde, à l'horizon des côtes.

Il monte des fumées, et de longs meuglements
Meurent dans le repos que le silence apporte.
L'heure étouffe un aboi, clôt encore une porte...
Au loin, la nuit endort les derniers roulements.

L'ombre lente des bois descend vers les chaumières,
Jusqu'au bord des vieux clos bleus d'un brouillard léger.
L'autre coteau, nimbé (1) de nocturne lumière,
Érige (2) tout en haut, sur son faîte, un berger.

On aperçoit de loin sa houppelande brune
Qui domine le val et s'argente de nuit...
Et le troupeau s'étend calme, sans bruit,
Avec de lents remous qui tremblent sous la lune (3).

Francis YARD.

A l'Image de l'Homme (B. Grasset).

1. *Nimbé :* éclairé de pâle lumière, couronné d'une faible clarté.
2. *Érige :* dresse, montre à son sommet.
3. Avec des ondulations lentes comme celles d'une eau tranquille, à peine troublée, produites par le mouvement des bêtes.

17. Les Batteurs.

Ils sont là face à face et menaçants sur l'aire.
L'horizon est immense et le soleil est haut.
La fanfare des coqs sonne sa charge claire,
Et voici que s'abat l'attaque des fléaux.

Les coups dont, par degrés, le rythme s'exacerbe (1)
A grands ahans de souffle, à grands efforts de reins,
Écrasent sur le sol les rangs creusés des gerbes
Et du cœur des épis font ruisseler les grains.

Tout tremble : sol, froment, murailles et lumière (2).
La verge tourne, siffle et plonge d'un choc sourd.
Les gosiers enflammés s'étouffent de poussière.
Les nerfs sont trop tendus sous les muscles plus lourds.

Mais les batteurs toujours vaillants cambrent leur torse
Dans ce combat cruel qu'ils livrent à la faim,
Sachant que la victoire a promis à leur force
Le triomphe doré des couronnes de pain.

Charles DORNIER.
L'Ombre de l'Homme (Lecène et Oudin).

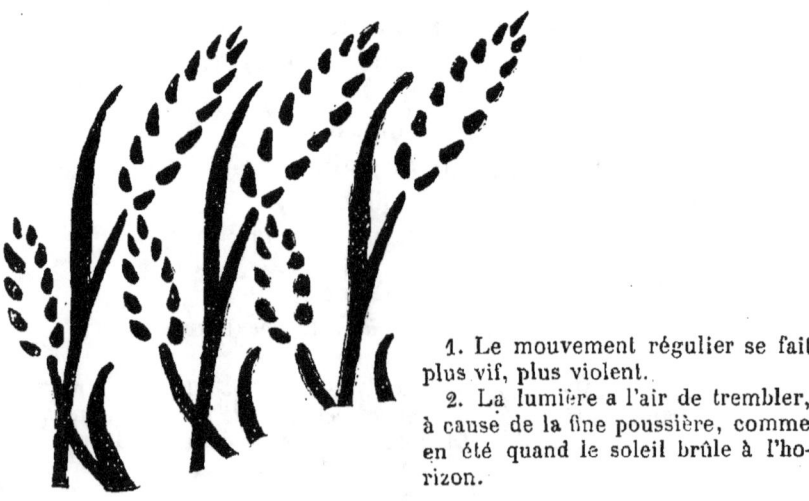

1. Le mouvement régulier se fait plus vif, plus violent.
2. La lumière a l'air de trembler, à cause de la fine poussière, comme en été quand le soleil brûle à l'horizon.

18. La Vendange.

Dans le sentier pierreux sous les pourpres fusains (1),
Je marche, revenant de la vigne lointaine,
Auprès du chariot branlant que mes bœufs traînent,
Les doigts encor rougis par le suc des raisins.

Tout l'or que le soleil de septembre contint,
Nous l'avons entassé, avec des grappes pleines
Et lourdes, jusqu'au bord des tonnes (2). La sereine (3)
Besogne, commencée quand naissait le matin,

A l'heure où les ramiers dans l'air blanc fuient par couples,
Nous a tonifié l'âme (4) et fait le corps souple;
Et nous jouissons du rude automne autour de nous,

Du goût de ce brouillard noyant les pampres roux;
La campagne est solide et forte, il fait bon vivre;
La saveur d'exister comme un vin pur m'enivre (5).

Marie DAUGUET.
Les Pastorales (E. Sansot et Cie).

1. *Les pourpres fusains :* les fusains aux feuilles rougies par l'automne et aux fruits rouges.

2. Les raisins que l'on a cueillis et mis dans les tonnes sont couleur de soleil, et pleins de jus sucré, grâce à ce même soleil qui les a mûris.

3. *Sereine :* tranquille, paisible.

4. Nous a fait une âme plus forte, plus courageuse, comme tout bon et sain travail fait avec plaisir.

5. Je suis heureuse de vivre, car la vie est pleine de saveur, pleine de force comme le vin.

19. La Bonne Tâche.

Malgré le vent, malgré ses âpres tourbillons,
Par les matins tardifs et par les soirs obscurs,
Notre geste a semé le grain dans les sillons.

De la courbe faucille au tranchant vif et sûr,
Malgré les javelots que le ciel nous dardait (1),
Nous avons moissonné l'or vivant du blé mûr.

Et voici maintenant que nos fléaux ont fait
Les grains nouveaux et nourriciers jaillir sur l'aire,
Et c'est l'œuvre de joie et c'est l'œuvre de paix (2).

Dormons dans la clarté dont exulte (3) la terre
Et dans le chaud silence de l'heure éblouie;
Dormons dans l'ardente gaîté de la lumière.

Dormons notre sommeil que le jour glorifie;
L'œuvre est faite, l'œuvre de paix, l'œuvre de vie.

A.-Ferdinand HÉROLD.
(Mercure de France.)

20. Le Forgeron.

Avant qu'au creux tintant et pâle du matin (4),
L'angélus eût frappé de ses coups argentins
Sur la barre allongée et rose de l'aurore (5),

1. Les rayons lumineux du brûlant soleil d'été sont comparés à des flèches.
2. Il n'y a pas d'œuvre plus belle, plus saine, plus joyeuse et plus pacifique que celle des cultivateurs qui font pousser les moissons pour apaiser la faim de tous les hommes. Ils font vivre l'humanité que les conquérants déciment.
3. Dont la terre est joyeuse.

4. Comme il n'y a pas encore de bruit dans le village endormi, l'air est sonore comme un vase, une chambre vides.
5. Les sons de la cloche ressemblent aux chocs clairs du marteau sur l'enclume. Le matin, apparaît d'abord une ligne plus claire et rose à l'horizon : le bruit de la cloche est comme la chanson du marteau qui frapperait cette barre mystérieuse.

O père, ton marteau de son rythme sonore
Chanta pendant trente ans au village l'éveil.
Ta forge dans la rue allumait un soleil.
Jusqu'à l'heure où le soir sur les collines fume,
Ton dur labeur forgeait à grands coups sur l'enclume
L'angle brillant des socs et le croissant des fers,
Bêches aux carrés noirs, pioches à l'arc clair,
Les cornes des hoyaux et les cercles des frettes,
Et les ailes des faux au vol dans l'herbe prêtes.
De ces outils forgés pendant trente ans par toi
La terre labourée et semée à la fois
Répandit sa vendange et sa moisson vermeille (1).
Un peu de ton sang coule aux grappes de la treille.
La sève du jardin naquit de tes sueurs.
Plus qu'un rayon d'été ta forge et ses lueurs
Ont doré le frisson des blés, rougi les vignes.
Tes rides ont tracé ces sillons et ces lignes.
Je respire ton souffle au parfum de ces prés.
Le heurt des chariots dans le soir empourpré
Est l'écho de ta voix. Ta force et ton visage
Sont gravés à jamais aux plans du paysage,
Et je verrai toujours jaillir sous ton marteau
Les étincelles d'or, lorsque sur le coteau
La chute de la nuit comme une enclume lance
Un bouquet crépitant d'astres dans le silence (2).

Charles DORNIER.
L'Ombre de l'Homme (Lecène et Oudin).

1. C'est grâce aux outils fabriqués par le forgeron qu'on a pu cultiver le blé et les vignes.

2. Dans tout le travail pacifique des champs est reconnaissable le labeur du forgeron sans qui nul outil n'existerait.

21. Le Parfum des Grappes.

Des monts que la lumière irise (1) puis noircit
Et des gorges à pic où l'aurore se rue (2),
Polissant les cailloux et la roche ventrue;
Du village escarpé par lui-même obscurci (3);

Du ruisseau qu'on entend jusqu'à la route, ici,
Passer comme un murmure uniforme et sans crue,
Partout, malgré la brise avec le jour accrue,
Flotte une brusque odeur, un parfum renforci (4),

L'arome aigre et vivant des raisins que l'on presse,
A midi, sous le chaud du soleil, d'une ivresse;
Il stagne (5), il alourdit les vignerons, leur chœur (6),

S'embrase, monte ainsi qu'une brume fumante...
Et, le soir, je le sens pénétrer tout mon cœur,
Ce parfum animé qui palpite et qui chante (7).

Nicolette HENNIQUE.
Du Vent sur la Plaine (E. Fasquelle).

1. *Irise* : teint de couleurs vives comme celles de l'arc-en-ciel (Iris).
2. *Où le jour*, la lumière ont l'air de s'entasser, de se précipiter.
3. Puisqu'il est escarpé, ses rochers et ses maisons y jettent leur ombre.
4. *Renforci* : rendu plus fort, renforcé.

5. *Il stagne* : il reste à l'endroit où il est né.
6. *Leur chœur* : leurs chansons et, par extension, leur groupe.
7. Moi aussi je ressens l'heureuse excitation, l'ivresse légère de ce jour de vendange plein du bon parfum des raisins, de soleil et de chansons.

HENRI RIVIÈRE.   LE CRÉPUSCULE.

22. Le Village s'endort.

Il y a de grands soirs où les villages meurent (1).
Après que les pigeons sont rentrés se coucher,
Ils meurent lentement, avec le bruit de l'heure
Et le cri bleu des hirondelles au clocher...
Alors, pour les veiller, des lumières s'allument,
Et des lanternes passent là-bas dans la brume...
Au loin le chemin gris chemine avec douceur...
Les fleurs dans les jardins se sont pelotonnées (2)
Pour écouter mourir leur village d'antan (3).
Car elles savent que c'est là qu'elles sont nées...
Puis les lumières s'éteignent, cependant
Que les vieux murs habituels ont rendu l'âme,
Tout doux, tout bonnement, comme de vieilles femmes (4).

Henri BATAILLE.
Le Beau Voyage (E. Fasquelle).

1. Ils ont l'air de mourir seulement parce qu'on n'y entend plus de bruit, que tout a l'air abandonné.

2. Les fleurs qu'on ne voit plus ont l'air de s'être faites toutes petites comme si elles avaient peur.

3. Le village qui existait tout à l'heure, qu'elles ont toujours vu et qu'elles ne voient plus.

4. Quand toutes les lumières sont éteintes, le village a vraiment l'air d'être mort, comme a l'air morte la nature silencieuse et blanche en hiver.

23. Au temps des Feuilles mortes.

Ami, loin de la ville aux maisons monotones (1)
Qui hausse ses clameurs vers le ciel offensé (2),
Tu trouveras le calme et la sérénité (3)
Dans la grave forêt où repose l'automne.

Parmi les genêts bruns et les fougères rousses,
Des rêves fleuriront à chacun de tes pas,
Les chevreuils fraternels te suivront, tu verras
Les rochers onduler sous leur manteau de mousses.

Novembre et ses brouillards où flottent des prestiges (4)
Velouteront pour toi l'or rouge des futaies,
Le genièvre (5) et le houx te donneront leurs baies,
Et le hêtre orgueilleux inclinera sa tige.

Tu goûteras, d'un cœur plein de recueillement,
Le murmure infini des bouleaux et des chênes,
Et tu préféreras aux paroles humaines
Le bruit triste que font les feuilles en tombant (6).

Adolphe RETTÉ.
Poésies 1897-1906 (A. Messein).

1. Toutes les maisons des villes se ressemblent, et cela donne une impression de monotonie.

2. Les villes sont très bruyantes.

3. *La sérénité :* le tranquille repos du corps et du cœur.

4. *Des prestiges :* des formes étranges, des fantômes. Les brouillards, par l'imprécision qu'ils donnent aux choses, aux arbres, aux animaux, les transforment presque en fantômes.

5. *Le genièvre :* le genévrier.

6. Conclusion très mélancolique comme peuvent en tirer tous ceux qui ont souffert ou qui sont très las, et qui, après le tumulte d'une vie active ou douloureuse, souhaitent le bon repos dans la solitude calme des campagnes.

24. Simple Bonheur.

La cour est creuse et rude et le jardin plein d'herbe,
Mais le soleil joyeux tisse au long des vieux murs
Sa trame de lumière (1), et sur les raisins mûrs
Le bourdonnant frelon suspend son vol acerbe (2).

Regorgeante de foins parfumés et de gerbes,
La grange garde en ses flancs élargis (3) le pur
Trésor des froments roux, et l'hiver long et dur
S'écoulera sans que sa richesse superbe

Soit amoindrie... Un troupeau nombreux de brebis,
De grands bœufs indolents, une chèvre bêlante
Dont le beau lait crémeux, selon que la saison

Naît ou décline (4), sent la lavande ou l'anis,
C'en est assez pour enchanter mes heures lentes (5),
Et le jeune bonheur habite ma maison.

Louis Dumont.
De l'Ombre et de la Solitude (Le Beffroi).

1. La lumière criblée par les feuilles ressemble à une trame lâche dont le soleil serait le tisserand.
2. Arrête son vol au bruit aigu.
3. Elle est tellement pleine qu'on croirait que ses parois se sont élargies, vont craquer.

4. Selon que c'est le printemps ou l'automne.
5. Pour rendre heureuses mes heures de paysan, les heures que j'ai le loisir de goûter, par opposition aux habitants des villes dont la vie est fiévreuse et précipitée.

25. Sagesse.

Cultive le jardin de tes mains attentives,
Attache à l'espalier la vigne aux ceps tordus
Et plante les lauriers aux feuillages aigus (1)
Près des cyprès épais qui font une haie vive.

Autour du puits profond, sur le vieux mur de pierre,
Fais grimper les rosiers de l'arrière-saison,
Et, pour orner le seuil de ton humble maison,
De chaque côté, sème une rose trémière.

Car, lorsque l'été d'or finira de sourire
Et de faire fleurir, orgueilleux et rigide,
Le laurier-rose au pied de l'antique cyprès,
Quand l'automne viendra s'asseoir sur les degrés
De ton seuil, et frapper en silence à ta porte (2),
Il faut qu'en écoutant tomber les feuilles mortes,
Ton heureuse vieillesse admire, recueillie,
Le raisin d'ambre clair qui pend au cep qui plie
Et voie sur les rosiers qui cachent la margelle
S'abattre lourdement des vols bruissants d'abeilles.

J. Galzy.
(Mercure de France.)

1. Les lauriers-roses aux si jolies fleurs et aux feuilles longues et étroites.
2. Expression imagée très belle pour dire : quand l'automne sera venu sur ton jardin et qu'il sera venu aussi pour toi, quand tu sentiras les premières atteintes de la vieillesse.

26. Le Jardin du Passé.

Celui qui le mieux plaît à mon cœur solitaire,
De tous les beaux jardins qu'ont visités mes pas,
C'est vous que je revois en le nommant tout bas,
O cher enclos dont l'ombre est pleine de mystère.

D'autres sont plus que vous, ô petit coin de terre,
Embaumés de jasmin ou fleuris de lilas,
Mais, malgré leurs bosquets et leurs eaux, ils n'ont pas
Le charme familier de votre humble parterre.

Quelques roses qu'aucune rose n'égala,
Auprès du bassin clair, y poussent çà et là,
Nul parfum ne m'est doux que leur odeur lointaine,

Car, dans mon souvenir, ô roses du jardin,
Vous mêlez votre arome au chant de la fontaine
Où la vie effeuilla la fleur de mon matin (1).

Henri DE RÉGNIER.
Le Miroir des Heures (Mercure de France).

1. Pas une rose ne fut aussi belle, de celles que je vis dans les jardins que j'ai visités, que ces roses qui fleurissaient au jardin de mon enfance. On préfère à toutes choses, même aux plus belles, celles qui furent familières à nos premières années.

27. Jour de Pluie.

Dans la cour, l'averse clapotante détonne (1),
Le chéneau engorgé sanglote monotone (2)
Et j'entends, mélangé au bruit de l'eau qui coule,
Le caquetage sourd, en la grange obscure, des poules
Et du coq. Le bétail respire, s'ébrouant,
Et par-dessus cela, la voix sombre du vent.

Le vent des heures s'époumonne (3),
Frappe lourdement à la vitre ;
Je l'écoute, à côté du chat qui ronronne
Assise, et j'écoute aussi chanter la marmite ;
Près des cendres couleur de rose (4),
Le chat et la marmite causent (5).
Aux solives pendent la serpe et des tamis,
Des oignons d'or et des maïs
Et l'étoupe (6) en écheveaux blonds ;
Et, pour l'ornement des rayons,
On a posé sur la crédence (7),
Entre chaque plat de faïence
Où des roses et des tulipes fleuronnent (8),
Des pommes d'amour (9).

Marie DAUGUET.
Les Pastorales (E. Sansot et Cie).

1. Le bruit de la pluie clapotante est comme une musique pleine de fausses notes.
2. Le bruit de l'eau qui descend dans le chéneau trop plein, ou obstrué, ressemble à une plainte qui toujours se renouvelle.
3. Le vent de la mauvaise saison souffle à perdre haleine.
4. Les cendres, quand le feu flambe haut, sont roses et lumineuses.
5. Puisque tous deux ronronnent, ils ont l'air de causer.
6. *L'étoupe :* Ce qui reste après le peignage du chanvre.
7. *La crédence :* le buffet, l'étagère rustique.
8. Où des roses et des tulipes sont peintes.
9. *Pommes d'amour :* pommes jaunes et rouges mises comme ornement sur l'étagère.

HENRI RIVIÈRE.   L'ARC-EN-CIEL.

28. La Trêve heureuse.

Voici rentrer le laboureur avec le pâtre.
On entend dans les bois se lamenter les vents (1).
La tempête a gonflé le fleuve aux flots moins lents.
C'est l'heure d'endormir son âme au coin de l'âtre (2).

Mais la semence vit qui, verte, percera
Vers le premier soleil sous la dernière neige ;
Et même en ces mois noirs, par un doux sortilège,
La rose de Noël à ton seuil fleurira (3).

Accueille donc l'automne ainsi qu'une servante
Qui t'apporte la coupe où tu boiras l'espoir (4) ;
Puis écoute sans peur les voix sombres du soir ;
Autour de ta demeure il pleut, et neige, et vente...

Stuart MERRILL.
Une Voix dans la Foule (Mercure de France).

1. Dans le bruit du vent d'automne, mélancolique et froid, on croit entendre comme un bruit de plainte, une tristesse de sanglot.

2. C'est le temps de vivre sagement, tranquille dans sa maison claire où rit la joie du feu.

3. Il ne faut pas être triste, il ne faut pas désespérer, parce que la Nature n'est pas morte, mais seulement endormie, et que, même pendant les mois noirs, il y a de la vie : les roses de Noël et les blés.

4. Accepte-la comme une trêve nécessaire, une période calme, et reprends courage, si tu es las, puisque bientôt ce sera le réveil de toutes les choses.

29. Simplicité.

Avoir un petit lac et le pêcher soi-même,
Un verger plantureux, des poules, une cour,
Et sentir bien lever par la terre, alentour,
La luzerne ou le blé que notre labeur sème;

Ne garder comme amis que les amis qu'on aime;
Mener d'un cœur joyeux son cheval au labour;
Connaître les beautés de la plaine et du jour
Assez profondément pour bâtir un poème (1);

Mépriser l'orde (2) ruse et détester l'envie,
Écouter la maison, tout le long de sa vie
Pleine d'un seul amour et de rires d'enfants;

Être pur, être bon, loyal, être robuste,
Et retenir ainsi les lares triomphants
Sur la poutre de bois où miroite leur buste (3).

Nicolette HENNIQUE.
Des Héros et des Dieux (E. Fasquelle).

1. Non pas bâtir un poème avec des mots et des rimes, mais jouir de la beauté des choses et du jour, de sa simplicité, suffisamment pour que la vie du paysan qui aurait ces biens du cœur, si faciles à acquérir, soit belle comme un poème.

2. *Orde :* vieux mot qui signifiait vilain, hideux, mauvais.

3. Les lares étaient, chez les Latins, des sortes de dieux, des génies familiers qui veillaient sur la maison. Celui qui saurait vivre comme le demande le poète, qui serait simple et vrai, et conscient de la beauté de son sort, ferait régner le bonheur à la maison d'où personne ne songerait jamais plus à partir.

30. Aquarelle.

Le ciel est violet sur la campagne verte
Et le fleuve terni coule comme du plomb.
Le tonnerre, tremblant au loin, donne l'alerte (1)
Aux piétons qui, penchés, marchent d'un pas plus long.

On n'entend plus là-haut le cri des alouettes.
Rien ne bouge. Le vent même meurt dans le soir.
Sur la route ont cessé de grincer les brouettes
Des femmes rapportant leur linge du lavoir.

Voici l'auberge. Assis près de la porte ouverte,
Je n'entends qu'une mouche au corselet cuivré
Bruire entre le rideau rouge et la vitre verte.
Mon cœur est haletant et mon front enfiévré.

Tout à coup, sous le porche, un roulement de roue
Vibre.. C'est la patache (2) aux chevaux pommelés
Dont le trot a claqué dans les flaques de boue,
Tout au long du chemin où jaunissent les blés.

Elle vient de la ville aux luisants toits d'ardoise,
Celle dont on entend les cloches jusqu'ici.
Il en sort un soldat, un prêtre, une bourgeoise,
Des gens en blouse bleue : « Adieu, pardon, merci! »

Puis l'on court, parapluie ouvert, aux maisons proches.
Il tonne. On n'entend plus les poules dans la cour.
Une servante au loin tape de ses galoches.
Voici l'averse. Il fait un jaune demi-jour.

1. *Donne l'alerte :* avertit les pas-
sants que l'orage s'approche. 2. *Patache :* voiture publique, dili-
gence.

Et je suis toujours là, près de la porte ouverte,
Écoutant une mouche au corselet cuivré
Bruire entre le rideau rouge et la vitre verte.
— Ah! qu'il sent bon ce soir le jardin du curé (1)!

Stuart MERRILL.
Une Voix dans la Foule (Mercure de France).

31. La Chanson du Forgeron.

Brûle mon feu, couleur de rêve (2),
Prépare la vie inconnue ;
Fais des outils et fais des glaives,
Brûle, mon feu, pour la charrue.

Afin que le bon pain des hommes
Jaillisse en blés verts des sillons,
Afin que les moissons embaument!
Brûle, mon feu, pour les canons (3)!

Brûle, mon feu, forge des barres
Qui soutiendront les ponts de fer,
Forge la chaîne des amarres (4)
Qui font captifs les vaisseaux clairs!

Brûle, mon feu, pour que les cloches
Roulent, le soir, de seuil en seuil,
Des souvenirs et des reproches (5),
Chantent la joie, chantent le deuil!

Maurice MAGRE.
La Chanson des Hommes (E. Fasquelle).

1. Notation extrêmement juste : les odeurs, les parfums sont plus doux après l'orage. Les jardins des presbytères avaient la réputation d'être bien soignés et remplis de fleurs rustiques aux parfums délicieux.

2. Le feu est rose, et on dit : un rêve rose pour un joli rêve.

3. Il faut fabriquer des canons et des armes pour être fort, et faire tranquillement le travail de tous les jours sans craindre les attaques des étrangers.

4. *Amarres :* chaînes solides qui retiennent les navires au port.

5. Des regrets.

HENRI RIVIÈRE. LA PREMIÈRE ÉTOILE.

LA RONDE DES SAISONS (C. MOYEN).

4

32. Soir.

Le ciel comme un lac d'or pâle s'évanouit (1),
On dirait que la plaine au loin, déserte, pense;
Et dans l'air élargi de vide et de silence (2)
S'épanche la grande âme triste de la nuit.

Pendant que çà et là brillent d'humbles lumières,
Les grands bœufs accouplés rentrent par les chemins;
Et les vieux en bonnet, le menton sur les mains,
Respirent le soir calme aux portes des chaumières.

Le paysage, où tinte une cloche, est plaintif
Et simple comme un doux tableau de primitif
Où le bon pasteur mène un agneau blanc qui saute (3).

Les astres au ciel noir commencent à neiger (4),
Et là-bas, immobile au sommet de la côte,
Rêve la silhouette antique (5) d'un berger.

Albert SAMAIN.
Au Jardin de l'Infante (Mercure de France).

1. Le ciel, au crépuscule d'un beau jour, est d'une belle couleur verte et dorée comme l'eau d'un lac tranquille qui reflète les derniers rayons du soleil.

2. Tout a l'air plus grand, le soir, comme semble plus grande une chambre vide.

3. Les « primitifs » sont les peintres qui vivaient à l'époque précédant la Renaissance. Souvent, dans leurs tableaux, on voit un pâtre portant un agneau ou le conduisant dans les prés herbeux.

4. *A neiger* : à répandre une clarté douce et pâle comme celle de la neige. Les étoiles sont comparées aux flocons neigeux.

5. Le berger se détache en noir sur l'horizon comme une statue antique vieillie, patinée, noircie par le temps.

33. Matin de Novembre.

C'est l'été de la Saint-Martin. Le sol gercé
Miroite (1) de soleil et de glace vernie ;
Les arbres du chemin emplissent le fossé
    De feuilles racornies.

Matins blancs frissonnants des premières gelées !
Les villages blottis (2) fument dans les guérets ;
De pauvres gens s'en vont ramasser des bourrées
    Dans la forêt...

Les sangliers ont défoncé le sol moisi
De mousses d'or, d'agarics et d'écorces mortes,
Et les foyards écartèlent (3) leurs branches tortes
    Au ciel transi.

Au bruit mystérieux des feuilles qui succombent
Se joint le cri d'un oiseau mangeur de cornouilles,
Tandis que le jour monte, envahissant les combes (4)
    Tachées de rouille.

Personne par les bois, sinon des charbonniers,
Des bûcherons autour des cabanes de terre,
Et, parfois, un chasseur qui marche solitaire
    Dans un sentier.

André MARY.

Les Symphonies pastorales (E. Sansot et Cⁱᵉ).

1. Brille.
2. Dont les maisons ont l'air de se serrer frileusement l'une contre l'autre.

3. *Foyards :* hêtres ; les branches des hêtres, par leurs contorsions, ont l'air de membres écartelés.
4. Petite vallée entre deux collines.

34. Une Ferme.

Loin du chemin étroit, en retrait du verger,
La maison, basse et longue, au ras du pré posée,
Avec sa grange haute où grimpe la levée (1),
Du remous des noyers (2) touffus semble émerger.

La barrière du seuil est en osier léger,
Grande porte, murs lourds et petite croisée,
Elle éclaire de sa géante cheminée,
Le fusil du chasseur, la trompe du berger.

Les draps gardent l'odeur subtile des lavandes
Des combes où les bœufs roux-mouchetés, par bandes,
Font tintinnabuler (3) les cloches de leur cou.

Le plafond de sapin sent toujours la résine
Et, dans son nid de bois, de la chambre voisine,
A chaque heure on entend le chant clair d'un coucou.

Charles Dornier.
L'Ombre de l'Homme (Lecène et Oudin).

1. *Levée* : avant-toit adossé à une maison pour mettre à l'abri des fagots, du bois.

2. Les noyers sont si nombreux et serrés et ils sont de tailles si différentes que leurs branchages ondulent, font des remous comme une eau agitée.

3. *Tintinnabuler :* tinter avec un son clair et doux qui ne s'arrête pas.

35. Le Repas du soir.

La ménagère a mis la soupe sur la table :
Elle fume, elle sent très bon ; les appétits
Sont ouverts et joyeux, les grands et les petits
Regardent la soupière auguste (1), confortable.

La poche (2) en fer battu remplit à larges coups
Chaque assiette ; à côté de l'énorme soupière,
Un grand plat, rond et creux, de faïence grossière,
Mêle un fumet de lard à l'arome des choux.

Voilà tout le menu du repas de famille.
Mais on se réjouit d'être ensemble ; on babille,
On mange, on boit, on rit, on se lutine (3) un peu,

De temps en temps, le père ennuyé dit : « Silence ! »
La grosse voix s'oublie et le jeu recommence,
Puis on range la table et l'on couvre le feu !

Henri CHANTAVOINE.
Aux Champs (Hachette et Cⁱᵉ).

1. *Auguste :* majestueuse comme une reine.
2. *Poche :* grande cuiller, la louche.
3. On se taquine.

36. Le Cimetière.

Il y a quelque part une blanche maison
Où sont tous mes parents réunis (1). C'est là-bas.
Ils ne se savent pas si voisins sur leurs terres (2);
L'appartement des morts ne communique pas...
La maison n'est pas laide; on y va le dimanche;
Et je la trouve un peu semblable à la première,
Car la porte de plâtre encore la fait blanche.
Un soir, en revenant, tout seul, d'un beau voyage,
Quelqu'un, sans réveiller personne des anciens,
Rouvrira doucement la porte de l'étage (3).
Nul bruit; un petit pas discret... Voilà. Puis, rien.
Quelqu'un, dans cette nuit, quelqu'un sera venu.
Mais ceux qui dorment, ceux que ne dérangent plus
Ni la rafale, ni la bise de décembre
Ne s'éveilleront pas aux choses de ce monde.
Rien ne sera changé dans la maison profonde...
Votre enfant seulement aura repris sa chambre.

Henri BATAILLE.
Le Beau Voyage (E. Fasquelle).

1. Un caveau dans un cimetière.
2. Puisqu'ils sont morts, ils ne savent plus rien de ce qui se passe sur terre.

3. Moi aussi, je mourrai, après avoir accompli le beau voyage de la vie, et j'irai en silence prendre ma place auprès d'eux.

37. Le Cellier.

L'Automne a parfumé l'office et le cellier (1) :
Il y a de hauts tas de pommes qui mûrissent
Dans celui-ci, près des fagots de bois, liés
De vime (2) jaune et bien tordu, sous lesquels crissent (3)
Les grillons rapportés avec eux des fourrés.
Contre le mur où pend la toile d'araignée,
Des sacs tout bosselés de noix sont préparés
Pour le marché; dans ce coin les marrons lustrés
Se mêlent à la pomme de terre imprégnée
De l'odeur du sillon mouillé. On sent le pin,
On sent aussi le cidre et la feuille séchée,
Et l'on dirait, rêvant, captive, à la croisée,
L'âme des bois d'été, des champs et des chemins (4).

André LAFON.
Poème provincial (Le Beffroi).

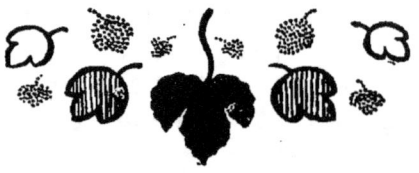

1. *Cellier* : sorte de cave fraîche, mais non lumineuse, où l'on met du vin, du cidre et des fruits.

2. *Vime* : nom de l'osier dans certaines régions; on le tord pour en faire des liens solides.

3. *Crissent* : font un bruit aigu, strident.

4. Tous ces parfums confondus rappellent l'odeur de l'été, sont comme l'âme de la saison morte enfermée entre les murs du cellier.

38. Il neige.

Il neige tristement sur la campagne blanche.
Le ciel pâle en petits lambeaux blancs s'effiloche (1),
Et le silence est silencieux (2)... C'est dimanche,
Mais ne s'éveille encor — frileuse — nulle cloche.

Il neige. Et peu à peu le village s'exile (3)...
— Toits blancs : tombeaux avec le clocher pour calvaire. —
Les flocons en essaim tourbillonnent tranquilles
Dans l'immobilité du ciel et de la terre.

Il neige. Tout est blanc et la vie est enclose (4).
Sous le plafond silencieux du ciel, les heures dorment,
Dorment... Le songe pâle emmitoufle les formes (5).
Et la cloche se meurt sans réveiller les choses.

Francis YARD.
A l'Image de l'Homme (B. Grasset)

1. On voit de petits fragments de ciel tout blancs qui le font ressembler à une étoffe qui se déchire et s'en va en lambeaux.

2. D'ordinaire le silence n'est pas l'absence complète de bruits. Il y passe toujours des rumeurs étouffées. Mais quand il neige, toute vibration de l'air est suspendue, et le silence est plus profond qu'il n'est jamais à aucun autre moment.

3. La neige isole le village des autres villages et même des champs. Les maisons elles-mêmes, séparées par la neige, semblent moins proches.

4. La vie est retirée au fond des maisons. On ne voit plus personne dehors.

5. Tout a l'air recouvert d'un manteau épais de fourrure blanche et semble songer, puisque règne seul le silence épais.

39. La Lampe.

Le jour baisse : la nuit tombe vite en décembre.
Peu à peu, le jardin s'emplit d'obscurité ;
La vitre sans regard a perdu sa gaîté (1),
L'ombre terne envahit tous les coins de la chambre.

L'heure est mélancolique et songeuse : les yeux
Vaguement alourdis par le poids des ténèbres,
On rêve autour de soi des fantômes funèbres (2),
On sent pleurer tout bas son cœur silencieux.

Mais voici que la lampe apparaît, rallumée.
Chaque objet a repris sa forme accoutumée,
La lumière joyeuse a dissipé l'ennui.

L'un retrouve son livre et l'autre son aiguille,
Et les papillons noirs qui sortaient de la nuit
Se dispersent devant la lampe de famille.

Henri CHANTAVOINE.
Aux Champs (Hachette et Cie).

40. Souhaits.

J'espère, laboureur comme fut mon aïeul,
Travailler, du matin jusqu'au soir de ma vie,
La glèbe qui sera mon fertile linceul (3).
Mais que la mort demeure un temps inassouvie (4),

1. La vitre par laquelle on ne voit plus rien des choses du dehors est comme un œil aveugle qui ne laisse plus passer nulle clarté.
2. Dans l'obscurité on se sent porté à songer à ceux des siens qui sont morts, qui, eux, jamais plus ne verront la lumière.
3. La terre dans laquelle on met les morts garde sa fertilité.
4. Que la mort attende encore quelque temps avant de me prendre.

J.-F. MILLET   LA FILEUSE.

Car j'aime les moissons, leur ordre, leurs remous,
Le soleil, et — parmi les plantes et les arbres —
Le peuple qui ressemble aux choses plus que nous (1).
Sur le gazon d'un parc abandonné, les marbres,
— Images sans abris des Nymphes et des Dieux (2) —
Verdissent de se voir entourés d'ombres vertes.
Ainsi, de refléter tous les rayons des cieux,
De battre l'or des grains en nos granges ouvertes,
Moi, je rayonnerai d'une même gaîté,
Et, chargé de saisons (3), tel ce pommier de pommes,
Je m'éteindrai content, une aurore d'été,
De ma part de labeur dans le labeur des hommes (4).

Nicolette HENNIQUE.
Du Vent sur la Plaine (E. Fasquelle).

41. Le Tisserand des Brumes.

L'hiver tisse à travers la plaine
Les flocons neigeux de sa laine.
En artiste savant
Il roule de blanches fourrures
Aux membres grêles des ramures
Tout tordus par le vent.

De ses invisibles aiguilles
Il tresse de fines résilles (5)
Aux cheveux des buissons,
Et met des édredons de plume (6)
Aux coteaux lointains que la brume
Pénètre de frissons.

---

1. Les paysans ressemblent davantage à leur terre que ceux des villes. Leurs visages sont hâlés, recuits par le soleil et les intempéries. Leurs corps sont noueux comme des troncs d'arbres, et leur visage raviné souvent comme les sillons de leurs champs.

2. Les statues des nymphes et des dieux d'autrefois.

3. Ayant vécu longtemps, de nombreuses saisons.

4. Content d'avoir fait le travail que j'ai choisi, utile et beau parmi le travail des autres hommes.

5. *Résille :* filet très fin dans lequel les femmes enfermaient leur chevelure.

6. Des brouillards floconneux.

Il tend un linceul sur les landes,
Revêt les toits de houppelandes,
    Les maisons de manteaux.
Comme autour de fuseaux en boule,
Autour des arbres il enroule
    Ses milliers d'écheveaux.

Et de plus en plus, par la plaine,
Se dévide la blanche laine
    Que file au ciel muet
Un soleil aux lueurs cuivrées,
Tournant lentement dans les nuées
    Son paisible rouet (1).

Charles Dornier.
La Chaîne du Rêve (Lecène et Oudin).

42. Paysage triste.

Voici les nuits, les nuits longues, les jours blafards ;
Novembre emplit d'hiver l'immense plaine morne
Où tout est boue et pluie et se fond en brouillards,
Où nuit et jour, matin et soir, l'ouragan corne (2).

Villages et hameaux geignent (3) au vent du Nord ;
L'humidité flétrit les murs de flaques vertes,
La neige tombe, et pèse, et lourdement endort
Les chaumes noirs groupant entre eux leurs dos inertes (4).

1. Le soleil a l'air d'une fileuse dont la neige blanche serait la laine qui s'enroule autour des arbres comme autour d'un quenouille, et qui vêt la terre d'un manteau candide comme une toison.

2. *Corne* : fait le bruit lugubre d'une corne, ou d'une trompe.

3. *Geignent* : se plaignent.

4. Les maisons couvertes en chaume ont l'air de se rapprocher pour se tenir chaud, et offrir à l'hiver la résistance de leurs dos immobiles et serrés l'un contre l'autre.

Les chiens, au seuil des cours de ferme, sont muets;
Les chemins recouverts de flaques et de fanges;
On travaille les lins à nonchalants poignets,
Avec la roue à bras qui ronfle dans les granges.

Le fleuve, à clapotis rudes, fouette son bord.
Dans les bouleaux, plantés en rangée équivoque.(1)
Sur les digues, un nid d'oiseau ballotte encor,
Un seul — et lentement la bise l'effiloque (2).

Et dans la plaine vide, on ne rencontre plus
Que, sur les chemins noirs, de poussifs attelages,
Que des rôdeurs, le soir, le matin, des perclus (3),
Se traînant mendier de hameaux en villages,

Que de maigres troupeaux rentrant par bataillons (4),
Sous les soufflets du vent avec des voix bêlantes,
Que d'énormes corbeaux planants, aux ailes lentes,
Qu'ils agitent dans l'air ainsi que des haillons.

Émile VERHAEREN.

Les Flamandes (Mercure de France).

43. Bise.

Empalés (5) sur les croix des clochers, dès l'éveil,
Crête au vent, tous les coqs ont fait face au soleil;
La bise les flagelle, et les rafales froides
Lissent leur ventre d'or et leurs panaches roides.

1. *En rangée équivoque :* en rangée irrégulière.
2. *L'effiloque :* l'effiloche, le déchire en lanières.

3. *Des perclus :* des estropiés.
4. Très nombreux.
5. *Empalés :* plantés à la cime
des clochers.

A chaque fétu d'herbe un cristal de verglas
Se cramponne et réfracte un arc-en-ciel d'éclats (1);
Un fourreau de grésil corsette chaque tige,
Et dans les chemins l'eau des ornières se fige.

La mare et son ruisseau fument : des seigles nains
S'enlève une alouette; au bord du bois de pins,
Un tétras (2) matinal glousse, appelle et jacasse.

Et les bœufs qui s'en vont, deux à deux, le pas lourd,
Mufles bas sous le joug, vers un nouveau labour,
Halètent (3) de la brume et bavent de la glace.

Alexandre DE METZ-NOBLAT.
A l'Ombre des Cyprès (Berger-Levrault).

44. Matin blanc.

Le vent, pendant la nuit, a balayé le ciel :
Le jour, tardif et froid, s'éveille moins morose,
Surpris d'illuminer dans l'air piquant de gel
La neige que l'aurore ouatait (4) d'un reflet rose.

Sur les grands peupliers, un vol de sansonnets
Accueille son retour d'un gazouillis allègre
Et fait pleuvoir du haut givré de leurs sommets
Du grésil que paillette (5) au soleil la bise aigre (6).

1. Le verglas qui durcit les brins d'herbe et les recouvre d'une croûte de glace brille de toutes les couleurs de l'arc-en-ciel, comme un cristal taillé dans la lumière du soleil.

2. *Tétras* : oiseau appelé communément coq de bruyère.

3. *Halètent* : soufflent de l'air que le froid fait apparaître sous forme de vapeur.

4. *Ouatait* : adoucissait.

5. *Que paillette* : que fait étinceler.

6. *La bise aigre* : le vent glacé.

La ferme s'engourdit de paresse hivernale (1).
Sur le seuil du fenil, les bouviers nonchalants
Dégustent, l'œil lointain, leur pipe matinale.

Les coqs du poulailler claironnent triomphants,
Comme s'ils devinaient qu'à cent pas dans la neige,
Agonise un renard maraudeur pris au piège.

Alexandre DE METZ-NOBLAT.
A l'Ombre des Cyprès (Berger-Levrault).

45. Le Vent cruel.

Couleur de frimas, de givre et de gel (2),
L'âpre vent d'hiver passe sous la porte,
Il entre en pleurant comme une âme morte.
Mais ce grelotteux (3) est un vent cruel.

---

1. Les travaux sont relâchés l'hiver à cause de la neige, et puis on reste plus volontiers à paresser au coin du feu.

2. Le vent n'a pas de couleur, mais le poète lui en prête une qui est blanche, comme on dirait du vent d'été qu'il est couleur d'azur à cause du ciel, ou couleur d'or à cause des moissons.

3. *Grelotteux* : celui qui tremble perpétuellement de froid.

Il chasse et poursuit — pitié, bonnes âmes (1) !
Tous les miséreux qui, sur les chemins,
Pour se réchauffer soufflent dans leurs mains,
Les petits enfants et les vieilles femmes.

L'âpre vent d'hiver est un vent cruel,
Couleur de frimas, de givre et de gel.

Henri CHANTAVOINE.
Aux Champs (Hachette et Cie).

46. Veillée paysanne.

Autour de l'âtre, sous la cheminée énorme,
Chauffant, dans leurs sabots, leurs pieds gourds (2) et transis,
Métayers et valets et pâtres sont assis;
Entre les grands landiers (3) flambe le tronc d'un orme.

Sur le coffre à sel (4), disposé pour qu'il y dorme,
Trône l'aïeul aux doigts par le travail durcis.
Au plafond noir, sous des quartiers de lard rancis,
Pend une lampe à becs de très ancienne forme.

Comme un sceptre érigeant sa quenouille de roseau (5),
La mère-grand caquette (6) et tourne son fuseau,
En tâtonnant un peu, car elle est presque aveugle.

Aux lueurs du foyer qui rougissent leurs fronts,
Les valets somnolents épluchent des marrons.
Dedans, le grillon chante, et dehors le vent beugle.

Arsène VERMENOUZE.
En plein Vent (Stock).

1. Plainte qu'ont l'habitude de pousser les mendiants pour attendrir les hommes heureux sur leur misère.

2. *Gourds :* paralysés par le froid.

3. *Landiers :* les chenêts énormes qu'on voit encore dans les fermes et dans les châteaux, partout où l'on retrouve de grandes cheminées.

4. Grand coffre, pareil à un coffre à bois, où l'on met le sel.

5. Le sceptre est l'insigne de la puissance des rois et des empereurs; la quenouille de l'aïeule, qu'elle tient raide et droite, ressemble vaguement à ce sceptre.

6. *Caquette :* cause, bavarde avec une petite voix fêlée de vieille.

HENRI RIVIÈRE. LE VENT.

47. Promenade en Mars.

Je suis allé sur la colline
Chercher le silence et la paix.
Sa pente accueillante s'incline
Pour le songeur aux pas distraits.

Le bois profond qui la couronne,
Où l'hiver noir traînait son glas (1),
Aux brises de Pâques frissonne
Dans l'azur teinté de lilas.

Pour annoncer la fraîche fête
Des bourgeons éclatant demain,
Mars a déroulé sur le faîte
Des banderoles de carmin (2).

Çà et là, trouant la dentelle
Que fait la branche au fin lacis (3),
Monte la verdure immortelle
D'un sapin aux fiers retroussis (4).

Superbes, des pins élargissent
Leur panache au reflet changeant,
Et, sveltes, des bouleaux brandissent
Vers l'azur pâle un fût d'argent...

1. Les rumeurs sourdes, la tristesse de l'hiver étaient lugubres comme une sonnerie de glas.

2. En mars, et même déjà un peu avant, les buissons et les arbres voient l'extrémité de leurs rameaux se teinter de rouge léger. Ce sont les premiers bourgeons hésitants qui se coloreront en vert un peu plus tard.

3. L'entremêlement des branches est semblable à un lacis, à un réseau, à une dentelle dont le jour, aperçu au travers, semble former les mailles.

4. Aux branches relevées.

Je monte... Des trilles s'égrènent (1)
Parmi le taillis violet...
D'autres répondent... que reprennent
D'autres chanteurs du bois seulet (2)...

Tout le bois maintenant murmure
A la louange du printemps,
Car le jeune soleil assure
Ses rayons encore hésitants.

Ils criblent les vibrantes mousses,
Dont le velours se glace d'or (3),
Frôlent d'éclairs les jeunes pousses,
Excitent la sève qui dort.

Les oiseaux activent leurs trilles ;
S'entr'ouvrant au tiède matin,
On entend, comme des brindilles,
Craqueter les pommes de pin.

Et sous le bois, de tige en tige,
Poursuivi de rayons chantants,
Un écureuil fait la voltige (4),
Gai funambule (5) du printemps.

Edmond Blanguernon.

La Vie orgueilleuse (E. Figuière).

1. *Des trilles :* des chants trem-
blotants d'oiseaux, où la même note
est répétée plusieurs fois assez vite,
comme il arrive, par exemple, pour
le rossignol.

2. *Du bois seulet :* expression d'autrefois, très jolie, pour indiquer la solitude du bois où le poète est seul avec
les arbres et les oiseaux chanteurs.

3. L'or du soleil s'étend sur le velours des mousses et y brille, y chatoie.

4. Se suspend aux branches, saute
de l'une à l'autre, fait mille tours gracieux, car il est très souple.

5. *Funambule :* danseur de corde,
acrobate.

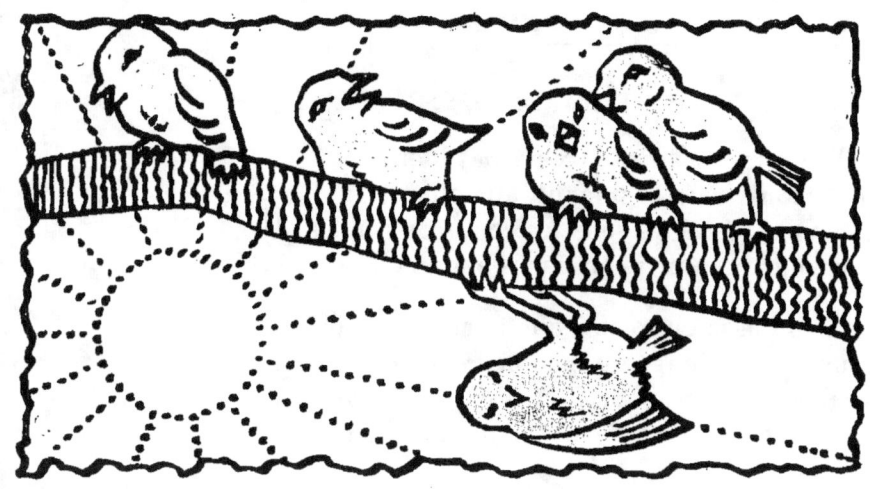

48. Aube.

Un invisible oiseau dans l'air pur a chanté.
Le ciel d'aube est d'un bleu suave et velouté.

C'est le premier oiseau qui s'éveille et qui chante.
Écoute : les jardins sont frémissants d'attente (1).

Écoute : un autre nid s'éveille, un autre nid,
Et c'est un pépiement éperdu qui jaillit.

Qui chanta le premier? Nul ne sait. C'est l'aurore.
Comme un abricot mûr le ciel pâli se dore.

Qui chanta le premier? Qu'importe? On a chanté,
Et c'est un beau matin de l'immortel Été !

Cécile PÉRIN.
Variations du Cœur pensif (E. Sansot et Cⁱᵒ).

---

1. Les jardins ont l'air d'attendre
impatiemment la chanson des autres | oiseaux et le plein épanouissement
du jour nouveau.

49. Matin de Printemps.

Le rire du matin bruit aux herbes blondes
Et le gazon vivant resplendit au soleil
Par nappes étendues sous les coupoles rondes (1)
Des grands pommiers en fleurs éblouis de soleil.

Sous la mousse en toison que le ciel auréole (2),
Le vieux dos allongé du chaume vaste et lourd (3),
D'où monte une vapeur d'aurore qui s'envole,
Le chaume frémissant palpite et rit au jour.

Et le verger s'emplit d'un flot brûlant d'abeilles
Qui fait chanter l'azur et le vieux sol natal,
Et déferle (4) en remous de parfum matinal
Aux larmiers des vieux murs faits d'argiles vermeilles.

Les bruits sont doux. La vie est chaude au fond des cours,
Et la terre frémit comme une fourmilière.
La plaine immense, au loin, ruisselle de lumière
Jusqu'aux bois violets par delà les labours.

La fanfare du coq jaillit entre les branches,
Dans le fouillis des fleurs et dans les chemins bleus,
Et sur le gazon frais de leurs talus moelleux,
Le soleil fait neiger les arbres qui se penchent.

Francis YARD.
A l'Image de l'Homme (B. Grasset).

1. Les formes des pommiers arrondies comme des coupoles.
2. Sur laquelle le ciel verse sa lumière blonde et tiède.

3. La maison couverte en chaume.
4. *Déferle :* se déroule, va et vient, se brise comme les vagues ou tout au moins comme des ondes sur l'eau.

HENRI RIVIÈRE.

L'AUBE.

50. Hymne au Jour.

O jour qui fais joyeux les hommes et les bêtes,
Tous, nous te saluons avec nos meilleurs chants;
Grâce à toi, nous partons dispos comme à des fêtes
Vers les rudes travaux des villes et des champs.

La ville, le matin, déverse par les rues
Ses remous incessants d'immenses flots humains (1).
Au hameau, le passage alerte des charrues
Réveille les maisons qui bordent les chemins.

A tous ces bruits, le chant des animaux se mêle;
Le bœuf mugit de joie en regagnant ses prés;
Dans l'air, le cri plaintif du blanc mouton qui bêle
Répond au dur appel des grands coqs diaprés (2)

De la plaine déserte au bois fait de mystère (3)
S'élèvent jusqu'au ciel la rumeur du bétail
Et le cantique ardent et jeune de la terre (4)
Que célèbre la voix des hommes au travail.

Jean VIGNAUD.
L'Accueil (Ollendorff).

1. Les rues des villes sont toujours animées d'incessants passants.
2. *Diaprés* : bariolés, teints de couleurs diverses et éclatantes.
3. Au bois mystérieux, parce qu'y règnent seuls le silence et la paix.
4. La rumeur du travail humain est douce et belle comme un chant religieux. Elle est le chant grave et beau de la terre elle-même.

51. A l'Aurore.

Un disque de feu rose au levant se dilate (1),
Transparu à travers les arbres fuselés (2).
Mainte ferme s'éveille : on voit étinceler
Des carreaux par delà les clôtures de lattes.

Les dindons et les paons qui rouent (3), bariolés,
Et les coqs verts et or à la crête écarlate
Semblent mirer le ciel où le soleil éclate.
Un chien aboie autour des chevaux attelés.

Une fille en cheveux, boucles qui papillonnent (4),
S'en vient de la fontaine et gravit la colline,
Le long des murs que des touffes d'orpins fleuronnent;

Elle passe en chantant, et l'on voit au lointain,
Où décroît lentement sa silhouette fine,
Un remous d'eau briller et luire un seau d'étain (5).

André MARY.
Les Symphonies pastorales (E. Sansot et Cie).

52. Réveil.

L'aurore a blanchi l'herbe et réveillé l'oiseau,
Et l'enfant se suspend et se berce aux rameaux
Retombants du bouleau;
La fleur jeune et mouillée (6) éclose de la terre
Répand une lueur dans l'ombre, la fougère
Prend dans son fin réseau la svelte (7) digitale
Et l'abeille sauvage erre sur les pétales.

1. *Se dilate :* s'élargit. Au fur et à mesure que le soleil monte, son disque s'élargit, jusqu'à ce qu'on le voie en entier. A partir de cet instant, il diminue. C'est là un effet de réfraction de la lumière dans les vapeurs matinales.
2. *Fuselés :* minces et allongés.
3. *Qui rouent :* qui font la roue.
4. Ses cheveux fous, mal rattachés au réveil, voltigent autour de sa tête comme des papillons.
5. L'eau et le métal frappés par le soleil lancent des rayons.
6. Humide de rosée.
7 *Svelte :* fine, élancée.

C'est la voix du ruisseau caché sous la verdure
Qui s'éloigne et prolonge un limpide murmure;
L'ombre de la clochette et celle de l'ombelle
Mettent sur sa chair blanche (1) une molle dentelle
Qui danse avec la brise et semble respirer
Au mouvement pensif de ton souffle éthéré (2),
    O Beauté (3)!

Cécile SAUVAGE.
Le Vallon (Mercure de France).

53. En Forêt.

On quitte la grand'route et l'on prend le sentier
Où flotte un bon parfum d'arome forestier.

Dans le gazon taché du rose des bruyères
Surgissent çà et là des ajoncs et des pierres.

Un tout petit ruisseau que verdit le cresson
Frôle l'herbe, en glissant, d'un rapide frisson.

Nul horizon (4). Le long de cette sente étroite,
Une futaie à gauche, un haut taillis à droite.

Rien ne trouble la paix et le repos du lieu;
Au-dessus, un ruban très mince de ciel bleu,

Que traverse parfois, dérangé dans son gîte,
Un oiseau voletant qui siffle dans sa fuite.

Puis c'est, plus loin, une clairière (5) à l'abandon,
Où noircissent encor des places à charbon;

---

1. Sur la chair blanche et potelée de l'enfant qui est presque nu, tellement le matin d'été est tiède.
2. *De ton souffle éthéré* : de ton souffle pur, presque invisible.

3. La matinée est si belle qu'on a l'air de respirer de la beauté.
4. On n'aperçoit, au bout de la sente, que des arbres, et rien d'autre.
5. *Clairière* : lieu dégarni de bois.

Des hêtres chevelus (1) se dressent, en un groupe,
Des arbres épargnés à la dernière coupe;

De grands troncs débités s'étagent en monceau;
C'est tout auprès que prend sa source le ruisseau

Qui longe le sentier et traverse la route;
Il sort d'un bassin rond qui filtre goutte à goutte,

Où tremble, réflété comme dans un miroir,
L'œil vacillant et clair de l'étoile du soir (2).

Henri DE RÉGNIER.
Poèmes (Mercure de France).

54. Le Village natal.

Me voici revenu dans le petit village
Où les jours sont divins, étant secrets et lents (3);
J'ai revu la maison, le toit bas, les murs blancs;
Mon cœur chantait, ce soir, ainsi que les feuillages.

Voici le clair ruisseau tout plein de populages
Et de cressons. Le vent, dans les roseaux tremblants,
Chante, pleure et s'endort, mélancoliquement:
Les troupeaux, en bêlant, retournent des pacages.

Le cri bleu (4) des crapauds et le bruit des clarines
Enchantent le silence, et les flûtes câlines
Des soirs (5) éveillent l'ombre au fond des vieux jardins.

1. *Chevelus :* feuillus.
2. La lumière, l'éclat atténué d'une étoile, petite comme un œil, se mire dans l'eau du bassin rond.
3. On a le temps de voir couler les heures au village. On jouit de chacune d'elles. De plus, la vie y est plus secrète, on y est moins distrait, on peut penser, réfléchir, rêver. C'est cela qui fait la beauté de la vie au village.
4. Il n'y a pas de cris colorés. Mais le cri des crapauds évoque une belle nuit d'été bleue et tiède et parfumée d'herbe et de fleurs.
5. Tous les bruits très doux de la soirée.

HENRI RIVIÈRE.   LE SOLEIL COUCHANT.

O paysages clairs de ma lointaine enfance,
Je veux tisser en vous ma joie et ma souffrance (1)
Tendrement parfumées de mélisse et de thym.

Louis Dumont.

De l'Ombre et de la Solitude (Le Beffroi).

55. La Voix des Choses.

Le vent frais de la nuit caresse les branchages.
On l'entend arriver de loin, chanteur joyeux,
Courant d'un arbre à l'autre et de la terre aux cieux,
Où son souffle inquiet promène les nuages.

L'acacia mouvant bourdonne; le bouleau
Tinte plus clair avec ses feuilles métalliques;
Le sapin de la lande a de graves musiques;
Le frêle peuplier bruit au bord de l'eau.

Tous ces accords rythmés forment la voix des choses,
Gaie ou triste, selon que leurs métamorphoses
Amènent tour à tour ou chassent les saisons...

Et notre âme, elle aussi, ressemble à ces feuillages,
Elle, où des vents, venus de divers horizons,
Apportent leurs frissons et mettent leurs ramages (2).

Henri Chantavoine.

Aux Champs (Hachette et Cⁱᵉ).

1. Je veux rester au village, y vivre toute ma vie qui sera, comme celle de tout le monde, faite de joie et de souffrances alternées.
2. La voix des choses est, comme les saisons, différente, gaie ou triste, ou plutôt elle est variable comme notre pensée, car c'est nous qui faisons la beauté ou la tristesse des choses. Le même paysage vu, un jour heureux ou un jour de tristesse, ne nous semble plus le même. De même aussi notre âme est influencée par les aspects divers et successifs des saisons.

56. Mai.

Mai s'étire (1)! Je sens tout son azur en moi.
Sur les buissons fleuris l'oiseau chanteur est roi.
Les genêts, les ajoncs : une fête dorée (2) !

L'herbe, vers le soleil, pointe ses stylets verts (3) :
Entre eux, la pâquerette luit, son bouton saigne (4) ;
Le coucou d'or se penche et son geste dédaigne
L'ostensible apparat (5) des pissenlits amers.

Des talus aux fossés fourmille et s'enchevêtre
Un monde lilliput (6) d'insectes et de fleurs.
Un conflit (7) merveilleux de frôlis (8) et d'odeurs :
Thyms rampants, sabots d'or, violettes, pyrèthres...

Mai prépare l'été. Le ciel est plein de vols.
La bouse cuit. Les pets-de-loups (9) naissent par groupes.
Les oisons dandinés (10) viennent brouter en troupes
Et de longs champignons ouvrent leurs parasols (11).

1. Le mois de mai, comme dans beaucoup d'autres poèmes, est comparé à une personne. Comme, en réalité, il est le premier beau mois du printemps, que les matins, à cette époque, sont lumineux et tièdes, il a l'air de s'étirer comme un adolescent qui s'éveille.

2. A cause de leurs fleurs couleur d'or.

3. *Ses stylets verts :* ses tiges aiguës.

4. Le bouton des pâquerettes est rose, presque rouge, comme une goutte de sang.

5. Les fleurs du pissenlit, hautes et jaunes, ont l'air orgueilleuses, tandis que celles des primevères (coucous) ont l'air modestes.

6. *Lilliput :* nain, tout petit.

7. *Un conflit :* un mélange.

8. *Frôlis :* frôlements, bruissements ténus d'insectes et d'oiseaux.

9. *Pets-de-loups :* champignons blancs et ronds des prés.

10. Qui marchent en se dandinant, en se balançant.

11. Le chapeau des champignons ressemble à un parasol.

La route est d'or. Au long des talus je retrouve
Les dômes (1) que la taupe a soulevés. Je vois
Les vieux saules cagneux près des peupliers droits,
Et les taillis serrés où la colombe couve.

Edmond ROCHER.
Le Manteau du Passé (E. Sansot et Cie).

57. Fraîcheur.

Le village aperçu sous les longs peupliers
Échelonnant au bord de l'eau leurs fines hampes,
Autour du clocher bas qui sur l'azur se campe (2),
S'étage dans des verts vaporeux et brouillés (3).

Le matin éclaircit les toits irréguliers ;
Une vitre, là-bas, brille comme une lampe ;
Les pins durs et foncés, plantés droits sur la rampe,
Tranchent sur la douceur des vergers clairfeuillés (4).

Long mamelonnement (5) de bois et de halliers (6),
Où tourne, pour se perdre, une route qui rampe.
La fuite des lointains se bleute et se détrempe (7)
Et le fleuve transpire (8) au jour rose et mouillé.

André MARY.
Les Sentiers du Paradis (E. Sansot et Cie)

1. *Les dômes :* les taupinières arrondies comme des coupoles.
2. *Se campe :* se dresse.
3. Le village est construit à flanc de coteau parmi la verdure des arbres et des vergers où traînent encore les brumes du matin.
4. *Clairfeuillé :* aux feuilles claires et lumineuses.

5. Les bois, les bosquets et les haies ont des contours arrondis.
6. *Halliers :* ensemble de buissons touffus, presque impénétrables.
7. Les lointains, bois ou collines, apparaissent presque toujours bleus et voilés de brume.
8. Dans la fraîcheur du matin des vapeurs légères montent du fleuve.

58. Paix.

Délicieusement douce, paisible et douce,
La tiédeur du soir bleu qui caresse la mousse
Et s'embaume du parfum pâle des lilas
Descend. Et dans l'enclos mauve où les soleils (1) las
Couchent leurs fronts sanglants de vieux seigneurs moroses,
Avec le chant des tourterelles sur les roses,
Monte le chant des rossignols extasiés (2).
Mais le vent a soufflé, méchant, sur les rosiers,
Et le chant cesse. Et dans un obscur frisson d'ailes,
Les rossignols et les tourterelles fidèles
Fuient. Et, dans l'abandon de l'enclos attendri,
Sur les roses mortes à terre, le vent rit (3).

Émile DESPAX.
La Maison des Glycines (Mercure de France).

59. La Lessive.

Lorsque la ménagère a fini sa lessive,
Chaque laveuse a son paquet de linge blanc;
Elle l'apporte au pré, frais battu, ruisselant,
Pour l'étendre sur l'herbe à deux pas de la rive.

Les grands draps, deux par deux, s'allongent au soleil;
Les guimpes (4), les bonnets et les choses légères
Sont retenus par des chevilles ou des pierres,
Depuis le clair matin jusqu'au couchant vermeil.

1. *Les soleils* : nom vulgaire des hauts tournesols aux fleurs semblables à des soleils.
2. *Extasiés* : heureux de la belle soirée, de la chaleur et de l'azur, de la douceur joyeuse de vivre.
3. Comme content de sa malice.
4. *Guimpe* : morceau de toile blanche dont les femmes se couvrent le cou et la gorge.

Une vieille grand'mère est là, montant la garde,
Elle tricote, et, sans bouger, elle regarde
Tout ce menu trésor (1) de son humble maison.

Un petit coin de pré, linge blanc, rayons roses :
C'est toute son histoire et tout son horizon (2).
Ses pauvres yeux fanés pensent à bien des choses (3)...

Henri CHANTAVOINE.
Aux Champs (Hachette et Cie).

60. Le Sureau en fleurs.

Un sureau berce en bas ses nappes de fleurs blanches
D'où monte un chaud parfum double d'ambre et de miel (4).
Parfois, pour se poser sur une de ses branches,
Un oiseau brusque (5) tombe obliquement du ciel.
On eût dit qu'il glissait sur un fil invisible ;
Son poids balance, ailé, le long rameau flexible...

Dans l'herbe mûre, un vol de moineaux qui tournoie,
S'abat en pépiant, ivre d'air et de joie,
Et leurs milliers de cris font, menus et mêlés,
    Comme un bruit de cailloux roulés ;
— L'odeur du grand sureau tout nimbé d'éphémères (6)
    S'exhale toujours, douce-amère.

Fernand GREGH.
Les Clartés humaines (E. Fasquelle).

1. Le linge est la richesse de la bonne ménagère.

2. Elle n'a jamais quitté sa maison ; elle a toujours vu le pré, le linge clair et la jeune lumière.

3. Elle pense à sa jeunesse, à sa belle maturité, à la vieillesse rapide. Elle songe aussi peut-être aux choses qu'elle n'a jamais vues, puisqu'elle est toujours restée là, et qu'elle regrette un peu.

4. L'odeur du sureau, très agréable, sent à la fois le musc et le miel.

5. Un oiseau qui s'abat brusquement.

6. Entouré comme d'un nimbe, d'une couronne, par le vol de ces insectes nés en été et qui vivent si peu de temps qu'on les a appelés éphémères. Dans certaines régions on les appelle : *la manne*, et ils servent d'appât aux pêcheurs.

61. Sous Bois.

Le ciel laiteux (1) où tremble une étoile dernière
Se colore au levant d'une vague lumière
Qui se coule et s'étale (2) à travers les taillis;
Le petit jour frileux entr'ouvre ses yeux gris,
  S'étire, bâille et souffle des vapeurs
  Sur les buissons d'aubépines en fleurs.

Un peu de rose, un peu d'or pâle, un peu de mauve,
  Nuancent les volutes (3) de la brume;
Dans le ravin où sont rangés des bois en grume (4)
  On entend s'ébrouer les fauves (5).

Par l'aube qui grandit, voici se déplisser
  Les collerettes des pervenches,
Mais les pins paresseux ont peine à secouer
  Les pans (6) de nuit que retiennent leurs branches.

Enfin, de larges feux (7) embrasent l'horizon,
  L'air frais tiédit, les hautes frondaisons
  Rient au réveil jaseur des merles;
Et le matin, semant partout d'humides perles,
   Pare les toiles d'araignées
   D'une résille de rosée.

Premiers rais (8) du soleil parmi la sylve (9) heureuse,
  Fourrés vivifiés de parfums véhéments (10),
Chant des ramiers dans les ramures onduleuses,
  Emprise ardente (11) du printemps...

    Adolphe RETTÉ. *Poésies 1897-1906* (A. Messein).

1. Le ciel blanc du matin à l'aurore.
2. *S'étale :* s'étend.
3. *Les volutes :* les formes arrondies et tournoyantes de la brume.
4. *Bois en grume :* bois coupés et pas encore écorcés ou équarris.
5. Les animaux sauvages secouent la rosée qui couvre leur pelage fauve.
6. *Pans :* morceaux de nuit qui paraissent être restés aux endroits plus épais que le jour ne peut encore traverser.
7. Les rayons plus ardents du soleil enfin levé.
8. *Rais :* rayons.
9. *Sylve :* forêt.
10. *Véhéments :* violents, très forts.
11. *Emprise :* mainmise, conquête par le printemps de toute la nature rajeunie et splendide.

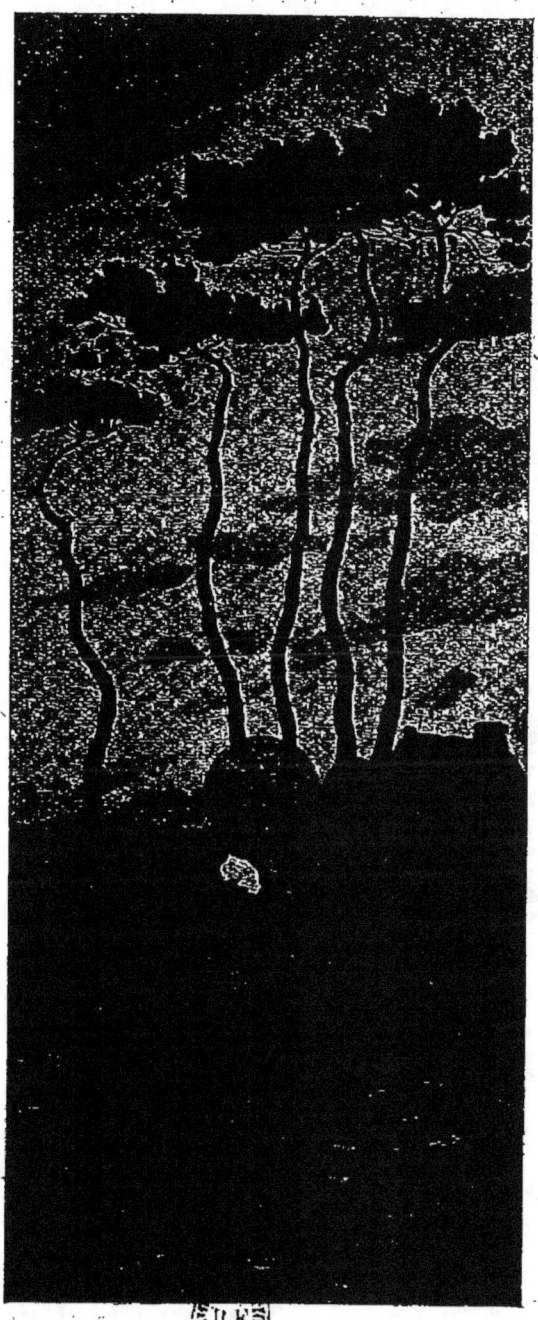

HENRI RIVIÈRE.   LA PLEINE LUNE.

62. L'Enfant matinal.

Levons-nous. Notre chien lappe son écuelle,
Les chevaux affamés piaffent (1) après le foin,
On entend barboter un refrain de vaisselle
Et des appels de coqs s'égosiller au loin.
Déjeunons sur le seuil de tartines miellées,
Dans nos verres en feu le soleil boit sa part (2),
Les arbres font danser leurs feuilles déroulées
Et teignent leurs bourgeons d'un petit point de fard (3).
C'est l'heure puérile (4) où la margelle est rose,
Où la jeune campagne, éclose au jour nouveau,
Dans ses terrains bêchés brille comme une alose (5),
Où l'araignée étend son lumineux réseau,
C'est l'heure où les lapins se grisent de rosée,
Où l'enfant matinal, aux gestes potelés,
Agitant le soleil de sa tête frisée,
Rit, tenant à deux mains un pesant bol de lait.

Cécile SAUVAGE.
Tandis que la Terre tourne (Mercure de France).

1. *Piaffent :* frappent du sabot sur le sol de l'écurie pour réclamer leur foin habituel.
2. Les rayons du soleil qui frappent le verre et le font briller ont l'air de boire.
3. Une petite tache lumineuse brille sur les bourgeons vernis.
4. *Puérile :* matinale, joyeuse et douce et fraîche comme un petit-enfant; le matin est l'enfance de la journée.
5. *Alose :* Poisson de mer aux écailles blanches et luisantes.

63. Pluie joyeuse.

Il a plu. Soir de juin. Écoute
Par la fenêtre large ouverte
Tomber le reste de l'averse
De feuille en feuille, goutte à goutte.

C'est l'heure choisie (1) entre toutes
Où flotte à travers la campagne
L'odeur de vanille qu'exhale
La poussière humide des routes.

L'hirondelle joyeuse jase.
Le soleil déclinant se croise
Avec la nuit sur les collines;

Et son mourant sourire essuie,
Sur la chair pâle (2) des glycines,
Les cheveux d'argent de la pluie (3).

Charles GUÉRIN.
Le Cœur solitaire (Mercure de France).

64. Les Rainettes.

Dans la sérénité du soir tendre, à la brune,
Quand le jour qui s'achève ou qui va s'achever
Invite à la douceur exquise de rêver
Et que l'on n'entend plus aucune voix, aucune...

Les rainettes des prés, pour appeler la lune,
Chantent (4)... La lune vient, mais avant d'arriver,
Elle écoute, égayant l'heure de son lever,
Les rainettes des prés qui chantent une à une...

1. C'est l'heure apaisée et délicieuse, celle qu'on aime entre toutes.

2. La pulpe claire des pétales, ferme et lisse comme une chair.

3. La pluie, pour le poëte, apparaît semblable à une longue chevelure pâle et dénouée de femme.

4. Leur chant commence à la tombée du jour. Elles ont l'air d'appeler la lune qui va paraître.

Elle paraît. Comme un tambourin (1) de métal,
Son disque éveille alors les flûtes de cristal (2)
Du chœur nocturne et doux des rainettes joyeuses.

Elles vont s'endormir, mais leurs petites voix
Veulent fêter ensemble une dernière fois
La lune claire et les étoiles radieuses.

Henri CHANTAVOINE.
Aux Champs (Hachette et Cie).

65. L'Enclos.

Quatre fossés couraient autour de l'enclos. Or,
Quand le soleil de mai, brûlant l'air de ses flammes,
Sabrait leur eau dormante de toutes ses lames (3),
La ferme s'allumait d'un encadrement d'or (4).

Ils s'étendaient, plaqués au bord de mousse verte
Et de lourds nénuphars étoilant le flot noir.
Les grenouilles venaient y coasser le soir,
L'œil large ouvert, le dos enflé, le corps inerte.

Des canards pavoisés (5) y nageaient, fiers et lents,
Des canards bleus, verts, gris, pourprés, des canards blancs,
Des canards clairs et blancs, avec un grand bec jaune;

1. *Tambourin :* tambour long, au son plus aigu, dont on se sert pour rythmer un chant ou une danse.

2. La voix des rainettes est claire et cristalline comme un son de flûte.

3. Enfonçait dans l'eau des fossés morts ses rayons comme des lames.

4. Les quatre fossés qui l'entouraient, tout illuminés de soleil, lui faisaient comme un cadre d'or.

5. *Pavoisés :* peints de couleurs vives.

Ils y plongeaient leur aile et leur ventre lustré,
Et les pattes battant les eaux, le col doré,
Cassaient rageusement des iris longs d'une aune.

Émile VERHAEREN.
Poèmes (Mercure de France).

66. A la Louange des Arbres.

Louons les arbres d'être beaux et de bruire
Si doucement dans les vergers et dans les bois,
Rameaux éoliens (1) où le ramier soupire,
Branches frôlant les tuiles brunes des vieux toits,
    Célébrons-les tous à la fois.

    Il est des pommiers retombants
Dont le feuillage fait comme un feu d'artifice (2),
Il est des peupliers inquiets qui frémissent
    Au plus léger souffle du vent.

    Parmi les rocs, les pins sévères
    Épandent un grave murmure,
Les saules gracieux trempent dans les rivières
    Leur ondoyante chevelure.

    Les acacias des jardins
Balancent au soleil leurs grappes embaumées,
Les ormes bienveillants qui bordent les chemins
Tendent leurs bras vêtus de mousse veloutée.

Les bouleaux ont des robes d'argent (3) où l'aurore
A laissé le reflet de sa face rieuse,
Les tilleuls chuchoteurs tremblent, les sycomores
    Sont pleins d'ombres mystérieuses,

---

1. *Rameaux éoliens* : qui vibrent et chantent sous les souffles du vent comme les cordes d'un instrument de musique, d'une harpe que la brise fait chanter.

2. Jaillit de tous les côtés, coloré de toutes les couleurs, comme un feu d'artifice.

3. L'écorce des bouleaux est blanche, et le matin y met des rayons roses.

Les hêtres tressaillants s'entrelacent, les frênes
 Semblent flamber au crépuscule ;
Quand la nuit monte, un grand rêve circule
 Dans la frondaison pensive des chênes.

 Aimons les arbres qui nous aiment,
Unissons notre voix à leur voix fraternelle,
Répétons avec eux les strophes d'un poème
 Où chantera la vie universelle.

Que le rythme profond des forêts nous enlève,
 Que toute essence (1) nous accueille,
 Que notre cœur batte selon les sèves,
Que notre âme se fonde en l'océan des feuilles (2).

Adolphe RETTÉ.

Lumières tranquilles (La Plume).

---

1. *Essence :* variété d'arbres.
2. Soyons, nous aussi, comme les arbres, de vrais fils de la terre. Aimons-la, et restons près d'elle, heureux de notre sort, si humble, peut-être, mais si beau.

67. La Ruche.

Sous l'appentis (1) léger et bas de son auvent
Qu'abrite un vert rideau de pruniers en broussaille,
La ruche, aux premiers feux rougissants du levant,
Chauffe le double rang de ses cloches de paille.

Dans leur corselet d'or et de jais, du matin
Jusqu'au soir, les essaims ouvriers des abeilles
S'en vont loin dans les champs récolter leur butin
De pollen au cœur lourd des corolles vermeilles.

Et du soir au matin chaque ruche bourdonne
D'un tumulte à celui d'une usine pareil,
Car, dans l'ombre, l'insecte, en son moule hexagone (2),
Y coule ses rayons de miel et de soleil.

Charles DORNIER.
L'Ombre de l'Homme (Lecène et Oudin).

68. Soirée en Juin.

Ah ! qu'il fait bon aller sous les brises du soir,
Dans le recueillement simple de la nature,
Laissant derrière soi les villes d'imposture (3),
Au rebord d'un talus d'herbe neuve, s'asseoir.

Frémissements furtifs (4) des ramures heureuses...
Trilles d'un rossignol dans le silence clair...
Et mon âme mêlée aux murmures de l'air...
Et l'oubli du soleil et des routes poudreuses...

1. *Appentis :* petit bâtiment adossé contre un mur et dont le toit (auvent) avance assez pour protéger les ruches du vent et de la pluie.
2. Les alvéoles à six côtés, faites de cire, où l'abeille dépose le miel.

3. Les villes où tant de choses sont fausses, où rien n'est simple, vrai et beau comme à la campagne.
4. *Furtifs :* rapides, qui se font sans qu'on ait le temps de les voir, à petits coups.

Les champs, les prés, les bois, tout le jour ont dormi ;
Et les ardeurs de juin ont accablé les hommes.
Mais, voici que, rompant le sceau des mornes sommes (1),
La terre, aux souffles frais, se réveille à demi.

Le ciel respire... A l'Est, une étoile s'allume,
Tandis qu'à l'Occident, — où soyeux et lustrés,
S'agrègent (2) finement des nuages cendrés, —
Palpite, immense et frêle, un éventail de plume (3).

Edmond Blanguernon.
La Vie orgueilleuse (E. Figuière).

69. L'Ouragan du Soir.

La rafale a soufflé, soudaine et violente.
La girouette crie au toit de la maison,
Le tonnerre lointain ébranle l'horizon
Avec un grondement de charrette roulante.

L'orage peu à peu se rapproche... L'éclair,
Rouge et brusque, a jailli du flanc de la nuée ;
Il pleut... La terre humide exhale une buée
Dont l'âcre odeur se mêle aux effluves (4) de l'air.

Mais déjà l'ouragan la soulève et l'emporte ;
Il fait trembler la vitre et remuer la porte,
Il secoue en hurlant les arbres étonnés ;

Puis la foudre se tait, le jardin se ressuie (5),
Et, là-haut, dans les cieux enfin rassérénés (6),
La lune reparaît plus claire et plus jolie.

Henri Chantavoine.
Aux Champs (Hachette et Cie).

1. Se réveillant de la torpeur lourde où l'avait plongée le jour brûlant d'été.
2. *S'agrègent* : se ramassent, se réunissent et se mêlent.
3. Les nuages légers, arrondis, agrégés, ressemblent à un éventail qui fait palpiter le vent frais du soir.
4. *Effluves* : parfums, senteurs lourdes des jours orageux.
5. *Se ressuie* : se sèche.
6. Où le calme est revenu, d'où les nuages sont partis, emportés par le vent.

70. Les Foins.

L'odeur du foin coupé se répand dans la plaine,
La bonne odeur âcre et subtile(1) ; les enfants
Se roulent par-dessus les meules, triomphants(2),
Et l'arome du foin entre dans leur haleine.

Agiles, les râteaux mettent le foin en tas.
Lorsque les dents de fer mordent l'herbe odorante,
C'est une exhalaison encor plus pénétrante(3)
Que celle du muguet, du thym et du lilas.

Les faneurs occupés à travers la prairie,
Sont parfois énervés par une griserie
Étrange(4), et chaque soir, après la fenaison,

Quand ils rentrent chez eux en quittant leur ouvrage,
Les outils, les souliers, le linge, la maison,
Tout sent le foin d'un bout à l'autre du village.

Henri CHANTAVOINE.
Aux Champs (Hachette et Cie)

1. *Subtile :* qui pénètre partout.
2. Heureux et rieurs.
3. Un parfum encore plus fort.

4. L'odeur salubre et forte du foin enivre presque les faneurs comme un vin généreux.

LAVIEILLE.   F. J. MILLET.

J.-F. MILLET.   LA FANEUSE.

LA RONDE DES SAISONS (C. MOYEN).

71. Nuit d'Été.

La vache meugle dans l'étable,
Le courlis glisse dans la nuit
Avec sa plainte lamentable(1)...
A mes pieds un lampyre(2) luit.

Un crapaud fait sa note d'or.
Comme aux longs plis d'une simarre(3)
Vibre, en semis, l'ardent trésor
Que la nuit mire dans la mare(4).

L'ombre a des frissons émouvants(5)
Dont les grands peupliers grelottent...
Sur les prés, dans les joncs mouvants,
Des brumes voyageuses flottent...

L'ombre unanime(6) se recueille,
Les bruits s'apaisent peu à peu...
Seul, le vent lutte avec la feuille...
Puis c'est un grand silence bleu !

Un grillon pleure.
Un ruisseau rit.

Edmond Rocher.
Le Manteau du Passé (E. Sansot et Cⁱᵉ).

1. Le cri triste et lent du courlis dans les nuits d'été ressemble à une plainte mélancolique.

2. *Lampyre :* ver luisant.

3. *Simarre :* robe traînante et lourde; on dit quelquefois *le man-* teau de la nuit; les étoiles sont comme des ornements d'or sur ce manteau.

4. Les étoiles scintillantes.

5. Qui émeuvent et effrayent un peu.

6. L'ombre uniformément répandue et qui recouvre tout.

72. L'Heure rouge.

Midi. La terre sue une sueur de feu (1) ;
L'océan des blés houle et les gerbes moutonnent (2)
Jusqu'aux confins (3) du ciel immuablement (4) bleu.

Quelques faulx à travers les champs qu'on abandonne
Luisent encor, mais rien, à l'heure du repos,
Ne lasse la strideur des criquets monotones (5).

Sur un lit foulé d'herbe et de coquelicots
Éblouissants, sont assises les moissonneuses
Aux clairs chapeaux de paille, aux roses caracos (6),

Et près d'elles, bravant la chaleur qui crépite (7),
Debout, torses saillant (8) des chemises poudreuses,
Les rudes moissonneurs couleur de terre cuite.

André MARY.
Les Symphonies pastorales (E. Sansot et Cⁱᵉ).

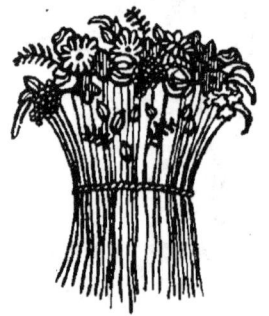

1. Le brasillement de la chaleur et de la lumière ressemble à l'évaporation de la sueur d'une personne qui a très chaud. D'ailleurs, sous le soleil d'été, brûlant et lourd, on ne peut sortir sans se sentir en sueur.

2. Le vent fait onduler les blés comme les vagues de la mer, et les tas de gerbes nombreux ressemblent à un gigantesque troupeau de moutons.

3. Jusqu'à l'extrémité ; ici, à l'horizon.

4. *Immuablement :* toujours bleu, sans aucun nuage.

5. Le cri aigu, strident, et jamais interrompu des criquets.

6. *Caraco :* vêtement en forme de camisole que les femmes portent par-dessus la chemise.

7. La chaleur fait se gercer la terre et craquer les pailles. Ce petit bruit ressemble à un crépitement.

8. Le haut du corps apparaissant par l'ouverture des chemises déboutonnées.

73. L'Abreuvoir.

Tranquillement, les bœufs s'en vont à l'abreuvoir,
Deux à deux, pas à pas, très sages ; l'habitude
D'être toujours couplés (1), du matin jusqu'au soir,
Donne aux deux compagnons une même attitude.

L'un près de l'autre, avec le même mouvement,
Ils marchent en baissant leur tête résignée,
Le matin, assoupis encore et l'œil dormant (2),
Le soir, la gorge sèche et las de leur journée.

Le matin, au premier éveil du jour nouveau,
Le ciel mauve et lilas se reflète dans l'eau
Où les deux ruminants plongent leur mufle rose ;

Et, le soir, au dernier adieu du jour vermeil,
Avant de retourner à leur étable close,
Ils boivent dans l'eau pourpre un rayon de soleil (3.)

Henri Chantavoine.

Aux Champs (Hachette et Cⁱᵉ).

1. *Couplés :* réunis deux à deux sous le joug pour le travail.
2. Pas encore très éveillé.

3. Ils ont l'air de boire le soleil qui se reflète tout rouge dans l'eau crépusculaire.

74. Pluie d'Orage.

Des souffles embrasés, précurseurs (1) de l'orage,
Se lèvent, par moments, et se suivent, très courts ;
Un long frisson bruit de feuillage en feuillage
Et va s'éteindre au loin en des silences lourds.

Ainsi que les parois d'une ardente fournaise,
Le ciel rougeoie ; en vain l'œil y cherche un coin bleu,
Les êtres sont en proie à l'angoissant malaise
Qui tombe lourdement de cette voûte en feu (2).

Enfin, un fauve éclair déchire la nuée,
Et la foudre longtemps roule aux échos du ciel ;
Alors, sur la campagne aride (3), exténuée (4),
Lugubrement s'abat un calme solennel ;

Et dans l'ombre livide où, par saccades lentes,
Tremblotent quelques voix de cigale, on entend
S'approcher, s'approcher, dans la rumeur des plantes,
Un bruit de gouttes d'eau sur le sol crépitant.

Et la terre, en ses flancs altérés, réjouie,
Se ranimant à la fraîcheur brusque du vent,
Semble écouter venir la bienfaisante pluie
Attentive au milieu d'un silence émouvant.

Antonin Lavergne.

1. *Précurseurs :* avant-coureurs, qui viennent avant l'orage.
2. Avant l'orage, à cause de la chaleur lourde, et aussi parce qu'on a peur, on éprouve un malaise plein d'angoisse, les personnes très nerveuses surtout.
3. *Aride :* altérée, desséchée par la chaleur torride.
4. *Exténuée :* qui n'en peut plus.

HENRI RIVIÈRE.   L'ORAGE QUI MONTE.

75. Les Greniers.

Sous le manteau des toits s'étalaient les greniers
Larges, profonds, avec de géantes lignées
De solives en croix (1), de poutres, de sommiers (2),
D'où pendait à ses fils un peuple d'araignées.

Les récoltes en tas s'y trouvaient alignées :
Les froments par quintaux, les seigles par paniers,
Les orges, de clartés poussiéreuses baignées,
L'avoine et le colza par monceaux réguliers.

Un silence profond et lourd, tel une mare,
S'étendait sur les grains que coupait de sa barre
Et de ses lames d'or le soleil de juillet (3).

Au reste les souris toutes se tenaient coites (4),
Les museaux enfoncés dans leurs niches (5) étroites,
Tandis que sur un van le grand chat blanc veillait.

Émile VERHAEREN.

Poèmes (Mercure de France).

76. L'Étang.

Des troncs d'arbres coupés dont on fera des poutres ;
Des aunes, des buissons, des chênes, du granit,
Et, brusquement, au bout du sentier qui finit,
L'étang silencieux où maraudent les loutres (6).

---

1. Avec un grand nombre de solives entre-croisées et énormes pour mieux soutenir le poids du toit.

2. *Sommiers :* poutres plus robustes qui sont au sommet de la charpente.

3. Les rayons du soleil d'été passant par les interstices du toit ressemblent à des barres d'or dans la demi-obscurité du reste.

4. *Coites :* tapies dans leurs trous sans bouger.

5. *Leurs niches :* leurs nids.

6. Où les loutres, qui ne se nourrissent que de poissons, sont à l'affût.

Rien ne trouble, que les cris gutturaux (1) des merles,
Les eaux calmes où pas un nénuphar ne tremble ;
Et c'est le bois, autour, à sa cime, qui semble
Une mer dont les flots de verdure déferlent.

Des roseaux et des joncs, à droite, des bouleaux
Dont le feuillage vert brunit l'écorce blanche,
Et l'un d'eux, mal venu, tord une longue branche
Qui frissonne au-dessus de la glace des eaux.

Sous le soleil, à gauche, un taillis se dessèche
A la corne du pré que ce ruisseau traverse.
Ici le sol vaseux se fendille et se gerce ;
Là, l'heure est lente, l'ombre est douce, l'herbe est fraîche.

Et j'écoute, — un instant distrait par cette grive
Qui s'envole aussitôt que je l'ai découverte, —
Du sein des nénuphars, des roseaux de la rive,
Sauter la carpe bleue et la grenouille verte.

Henri BACHELIN.
Horizons et Coins du Morvan (Mercure de France).

77. Le Jour.

Il monte. Notre ferme en est tout éblouie,
Les volets sont plus verts et le toit plus vermeil (2),
La crête (3) des sapins dans la brume enfouie
S'avive de clarté. Voilà le plein soleil.
Avec son blanc collier de franges barbelées (4),
Avec ses poudroiements de cristal dans les prés,

---

1. *Gutturaux :* qui viennent de la gorge ; le cri du merle est un peu rauque.

2. Les tuiles du toit semblent plus rouges encore et plus claires.

3. *La crête :* la pointe dentelée, la cime.

4. Sur les anciennes images on représentait le soleil comme un cercle d'or entouré de langues de feu qui ressemblent à des franges. Si l'on essaie de le regarder en face, on s'aperçoit que des rayons s'en écartent, qui eux aussi ressemblent à des franges.

Avec ses flots nacrés, ses cascades brûlées,
Ses flûtes, ses oiseaux et ses chemins pourprés (1).
L'abeille tôt levée, attendant sa venue,
Essayait d'animer les boutons engourdis,
Dérangeait l'ordre neuf de la rose ingénue (2),
Pressait de toutes parts les lilas interdits.
Dès qu'elle vit au ciel fuser la bonne gerbe (3),
Son gorgerin (4) blondit, son aile miroita,
Et, tandis que les fleurs se découpaient dans l'herbe,
Sur un lis qui s'ouvrait son ivresse pointa (5).

Cécile SAUVAGE.

Tandis que la Terre tourne (Mercure de France).

78. Paysage.

Les routes de chez nous, éclatantes et blanches,
Vers les lointains du ciel, toutes droites s'en vont;
Et leur simplicité presque naïve (6) penche
La meule ou le moulin au bord de l'horizon.

On a coupé les blés au soleil de dimanche,
Si vif qu'avec les grains l'on fauchait des rayons.
Sur de lents chariots croule l'or des moissons
Et les grands épis roux s'accrochent dans les branches.

Graves dans la splendeur du soir ensoleillé,
Des gars (7) rudes et beaux, très bruns, le teint hâlé (8),
Au bord de la rivière aiguisent leurs faucilles;

1. D'après ce qui précède, plein soleil veut dire plein jour.

2. Froissait le bouton pas encore ouvert de la rose jeune.

3. Jaillir en gerbe les rayons du soleil.

4. *Son gorgerin :* son corselet.

5. Elle vola rapidement comme une flèche aiguë vers le lis embaumé qui s'ouvrait et qu'elle sentait plein de nectar sucré.

6. Leur droiture régulière, sans arbres et sans talus presque.

7. *Des gars :* les jeunes hommes robustes de la campagne.

8. *Hâlé :* bruni par le soleil.

Et, par-dessus les champs moissonnés et les bois,
L'air sonore et léger emporte au loin la voix
D'un paysan qui chante aux yeux rieurs des filles.

Cécile Périn.
Vivre (Revue de Paris et de Champagne).

79. Juillet.

L'ombre sommeille au pied des choses,
Noire et courte (1) : il sonne midi.
Tout le jardin est étourdi (2)
Par le soleil bleu (3) dans les roses.

L'herbe sent fort, la terre boit
Lentement la dernière ondée ;
Dans l'eau du lac tremble ridée
L'image inverse (4) du vieux toit.

Un insecte près d'une gerbe,
Dans l'humble forêt du gazon,
Parcourt son infime horizon (5),
Fleur à fleur, brin d'herbe à brin d'herbe.

Il va, rôde, s'arrête un peu,
Sans doute plein d'aise et de joie,
Près d'une rose qui rougeoie
Comme un cœur de pourpre et de feu.

Fernand Gregh.
Les Clartés humaines (E. Fasquelle).

1. A midi l'ombre est courte et épaisse ; elle a l'air endormie sous les choses, les arbres, les animaux et les hommes immobiles.
2. *Étourdi :* écrasé de chaleur.
3. Le soleil n'est jamais bleu, mais il luit dans un ciel pur, tout bleu.
4. Dans l'eau les images sont renversées.
5. *Son infime horizon :* son tout petit horizon, le peu d'espace où il vit et se meut.

8o. Le Village à midi.

Le village à midi. La mouche d'or bourdonne
  Entre les cornes des bœufs.
  Nous irons, si tu le veux,
Si tu le veux, dans la campagne monotone.

Entends le coq... Entends la cloche... Entends le paon...
  Entends, là-bas, là-bas, l'âne...
  L'hirondelle noire plane.
Les peupliers au loin s'en vont comme un ruban.

Le puits rongé de mousse ! Écoute sa poulie
  Qui grince, qui grince encor,
  Car la fille aux cheveux d'or
Tient le vieux seau tout noir où l'argent tombe en pluie (1).

La fillette s'en va d'un pas qui fait pencher
  Sur sa tête d'or la cruche,
  Sa tête comme une ruche (2)
Qui se mêle au soleil sous les fleurs du pêcher.

Et dans le bourg voici que les toits noircis lancent
  Au ciel bleu des flocons bleus (3);
  Et les arbres paresseux
A l'horizon qui vibre à peine (4) se balancent.

Francis JAMMES.
De l'Angélus de l'aube à l'Angélus du soir
(Mercure de France).

1. La lumière qui tombe dans l'eau du seau.
2. Sa tête aux cheveux blonds couleur de la paille des ruches et couleur d'abeille.
3. Les toits luisent sous le soleil et la lumière qui frappe les ardoises en paraît bleue.
4. La chaude lumière, à l'horizon, brasille doucement.

81. Intimité.

Ma fille, laisse-là ton aiguille et ta laine ;
Le maître va rentrer ; sur la table de chêne,
Avec la nappe neuve aux plis étincelants (1),
Mets la faïence claire et les verres brillants.
Dans la coupe arrondie à l'anse en col de cygne (2)
Pose les fruits choisis sur des feuilles de vigne :
Les pêches que recouvre un velours vierge encor (3)
Et les lourds raisins bleus mêlés aux raisins d'or.
Que le pain bien coupé remplisse les corbeilles ;
Et puis, ferme la porte et chasse les abeilles...
Dehors, le soleil brûle, et la muraille cuit.
Rapprochons les volets, faisons presque la nuit,
Afin qu'ainsi la salle, aux ténèbres plongée,
S'embaume toute aux fruits dont la table est chargée.
Maintenant, va puiser l'eau fraîche dans la cour,
Et veille que surtout la cruche, à ton retour,
Garde longtemps, glacée et lentement fondue,
Une vapeur légère à ses flancs suspendue (4).

Albert Samain.

Aux Flancs du Vase (Mercure de France).

1. *Les plis étincelants :* les plis du linge fraîchement repassé, du linge neuf, sont d'une blancheur plus lumineuse que le reste.
2. L'anse de la coupe est arrondie et souple comme le col d'un cygne.
3. Le léger duvet qui recouvre les fruits que l'on a cueillis avec précaution.
4. L'évaporation, sur un vase de terre poreuse ou sur un vase de verre, produit une légère vapeur qui se condense en brume et se dépose à la surface.

82. Torpeur.

Les taureaux, en soufflant, s'éventent de leurs queues
Près des buissons sans ombre et des bois sans fraîcheur,
Et le soleil confond, à force de blancheur,
Les lucarnes de verre et les ardoises bleues (1).

Le foin déjà rentré crépite (2) dans les granges,
Et le bourg se repose à l'abri des volets;
L'eau tiédit dans les seaux et les cruches de grès
Près des tabliers bleus dont les ourlets s'effrangent.

Des poussins, quand le chat s'étire, s'effarouchent.
La grande cheminée où meurent des tisons
N'enfume plus. — Ah! les vieux clous pour les jambons! (3) —
Les solives de chêne où bourdonnent les mouches.

Et sur l'ombre des cours les portes sont ouvertes;
Les margelles des puits sont sèches de chaleur,
Et l'on étouffe à voir, sous les rideaux à fleurs,
Les larges lits avec leurs couvertures vertes (4).

Les poules se sont fait des nids dans la poussière;
Puis, secouant leur plume, elles ouvrent le bec,
Regardent, et vont boire à l'écuelle avec
De petits yeux fermés qu'offusque (5) la lumière.

Et l'on entend parfois une horloge qui sonne,
Et des coqs, de minute en minute, de loin,
Se renvoient sur la route ou perchés dans un coin,
Les sonores appels de leur voix qui claironne.

Henri BACHELIN.
Horizons et Coins du Morvan (Mercure de France).

1. Sous le soleil qui les fait étinceler il n'y a plus de différence entre la vitre et l'ardoise du toit.

2. *Crépite :* fait entendre, en se desséchant, de légers craquements.

3. Puisqu'il n'y a plus de fumée, on peut distinguer les clous noirs où, dans les fermes, on suspend les jambons pour les faire sécher.

4. On a chaud, on étouffe à voir ces lits clos où ne circule jamais l'air ni la fraîcheur.

5. *Qu'offusque :* à qui la vive lumière fait mal, qui clignent dans le soleil.

83. La Moisson.

Il n'est plus d'aube douce et blanche qui se taise (1),
Mais sous le ciel s'étend un triomphant décor;
Le soleil de midi heurte ses longs cris d'or (2)
A l'horizon dressant une pourpre falaise.

Partout la mer écume et se creuse et se tord,
Aux miroitants glacis des blés couleur de braise,
Où, presque disparus, noyés dans la fournaise,
Les fauves moissonneurs lancent la faux qui mord;

Pendant qu'à l'ombre courte des épis, au bord
D'un sillon, sous un linge, en sa berce rustique,
Gardé par un gros chien, un petit enfant dort

Auprès du pot-de-camp, de la cruche archaïque (3)
Et du fruste (4) bissac en toile qui renferme
Le lard et le pain bis apportés de la ferme.

Marie DAUGUET.
Les Pastorales (E. Sansot et Cⁱᵉ).

1. Ce n'est plus le moment de paresser; le temps de la moisson est
venu, l'aube voit partir les moissonneurs et les attelages et s'emplit de
rumeurs.

2. Les rayons du soleil sont vi-
brants et aigus comme des cris.

3. *Archaïque :* très vieille, qui vient
des ancêtres.

4. *Fruste :* usé d'avoir servi

84. Le Beau soir.

Dans la gloire vermeille et paisible du soir
Où montent les appels des moissonneuses lasses
Et les abois des chiens au seuil des maisons basses,
Les champs de froment roux et de sarrasin noir,

Que le cri plaintif des courlis semble émouvoir
D'une triste douceur (1), essaiment (2) dans l'espace
Les tas de gerbes d'or promis aux faims des races
Et lourds d'humaine joie et de serein espoir (3).

Et le paysan las, qui voit sur l'horizon
Se détacher le toit fumeux de sa maison,
Sent son cœur se gonfler d'une haute allégresse (4),

Et, ne se souvenant plus des jours anxieux
De l'orage grondant ou de la sécheresse,
L'orgueil des fiers semeurs de blé rit dans ses yeux.

Louis DUMONT.
De l'Ombre et de la Solitude (Le Beffroi).

85. Les Meules.

Comme des tentes pour les blés
Les grandes meules fraternelles (5)
Se rassemblent l'hiver sur les champs isolés
Et l'autan noir rôde autour d'elles.

1. Le cri plaintif du courlis semble être la plainte mélancolique des champs sur qui pèse la nuit.
2. *Essaiment :* dispersent.
3. Les gerbes alourdies de grains qui donneront le beau pain et sans qui on ne pourrait plus vivre.
4. *D'une haute allégresse :* d'une joie merveilleuse parce qu'il a compris la noblesse de son labeur.
5. *Fraternelles :* qui voisinent comme des frères.

Les habiles piqueurs (1) du bourg
Les ont, sous la rude pesée
De leurs fermes genoux et de leurs coudes lourds,
Dûment, sur le sol dur, tassées.

Les grains sont tournés au dedans,
Mais, au dehors, pointent les pailles
Avec leur lame aiguë, avec leur bout mordant,
Comme des lances en bataille.

Chaque meule est dard ou couteau
Contre ce qui tord, use ou casse,
Contre les poings du gel et les griffes de l'eau
Et les grands vents trouant l'espace.

Ainsi, pendant des mois de rage ou de torpeur,
Se recueille sans défaillir leur force close.
Le grain qui doucement au fond d'elles repose,
Y vit d'une vie ample et sourde comme un cœur (2).

1. Constructeurs de meules.
2. Le grain y garde toute sa vita- | lité comme le cœur au fond d'une
poitrine humaine.

Loin du bourg où retentissent les attelages
Et qui tille (1) le chanvre et qui bat le méteil (2),
Avec leurs chaumes d'or sous un pâle soleil,
Elles forment, là-bas, comme un autre village ;

Le silence circule autour d'elles, et, lent,
S'en vient dormir le soir auprès du blé qui rêve.
La lune monte et luit et le gel brusque enlève
Tout nuage au ciel torpide (3) et somnolent ;
Et les meules, alors, sous les astres sans nombre,
Semblent se redresser plus haut que les maisons
Et tout à coup atteindre et barrer l'horizon
Si loin, sur les champs nus, se prolongent leurs ombres.

Émile VERHAEREN. Les Blés-mouvants (G. Crès).

86. La Chanson des Crapauds.

L'air tiède, et qui sent bon les chaumes où l'on glane,
Apporte de très loin les haleines d'étables (4),
Le souffle de l'étang sous les pourpres érables,
Et roule autour de moi son fleuve diaphane (5).

Aux tremblants peupliers, des écharpes d'azur (6)
Moelleusement se nouent. Tout mouvement est lent ;
Tout bruit meurt ; les crapauds taisent leur fifre pur
Aux trois notes d'argent, en mineur, oscillant (7).

Marie DAUGUET. Les Pastorales (E. Sansot et Cⁱᵉ).

---

1. *Tiller le chanvre :* c'est, après le rouissage et le séchage, l'opération qui consiste à briser la tige ligneuse pour en détacher l'écorce qui donnera la filasse.
2. *Méteil :* mélange de seigle et de blé.
3. *Torpide :* qui est engourdi.
4. La senteur âcre et cependant agréable des étables.
5. L'air tiède m'entoure comme un fleuve aux eaux transparentes.

6. A travers les peupliers feuillus on voit des bandes de ciel qui ont l'air d'écharpes légères et bleues nouées aux branches.
7. Le cri des crapauds se compose de trois notes très claires, argentines, et qui, par leur mélancolie, correspondent en musique au ton mineur plus grave, plus mélancolique que le ton majeur. De plus ces notes tremblent un peu comme une voix émue ou peureuse.

87. Crépuscule.

Un enfant au berceau sur le pas d'une porte ;
Des bois sur le revers des coteaux et des monts,
Et j'aspire, malgré moi-même, à pleins poumons,
Le parfum des blés mûrs que le vent chaud m'apporte.

Nul bruit. Quelques bouvreuils sautent à pas menus.
Le grincement d'une barrière que l'on ferme.
Un étang ; des sapins noirs au coin d'une ferme ;
Des bœufs disséminés dans les prés déjà nus (1).

Un groupe de canards sur le mur se rassemble,
Mais un chien les effare en donnant de la voix ;
Et, tout au fond du val plein d'ombre, j'aperçois
Le frisson lumineux d'un peuplier qui tremble (2).

Henri BACHELIN.
Horizons et Coins du Morvan (Mercure de France).

88. L'Ouvrier des Villes et l'Ouvrier des Champs.

C'est l'heure où l'ouvrier des villes vers l'usine
Où ronfle, impatient, le souffle des machines,
D'un pas hâtif et las va courber tout le jour,
Aux broches des métiers, à la flamme des fours,
Ses regards aveuglés et son corps mécanique.
De l'aube jusqu'au soir, les grands halls métalliques (3)
Lui dérobent le ciel, la plaine, l'horizon,

---

1. Des bœufs éparpillés dans les prés où l'herbe se fait déjà plus rare.
2. Le peuplier étant très élancé garde encore du soleil à sa cime alors qu'à sa base c'est déjà l'ombre bleue du soir.
3. *Les halls métalliques :* les constructions métalliques, les ateliers très vastes aux charpentes de fer.

J.-F MILLET.   LE MOISSONNEUR.

Les tours de la cité, le toit de sa maison.
De hauts murs charbonneux, loin des siens, l'enferment,
Cependant que, là-bas, du seuil fleuri des fermes,
Vers le frisson des foins, vers la houle des blés,
Au pas tranquille et fort des grands bœufs accouplés,
Avec le chien qui jappe au vol des hirondelles,
Vers l'œuvre que le tour des saisons renouvelle (1),
Par les chemins creusés dans l'ombre des buissons.
Paysans, père, mère, et filles et garçons,
Les uns piquant les bœufs du fouet ou de la gaule,
Les autres, le râteau ou la fourche à l'épaule,
Vont, par la même tâche, au même sol, unis (2).
Les prés sont pleins de fleurs et les arbres de nids.
D'un champ à l'autre, des appels joyeux s'échangent.
Le blanc chemin, qu'un bord d'ombre mobile frange,
Retentit d'un passage agité de grelots.
Les deux ailes d'argent (3) d'un bateau fendent l'eau.
L'heure qui tombe, claire, au clocher du village,
En rides larges et sonores se propage
Jusqu'au cercle des bois qui couronnent le mont,
Et le soir les rappelle à la vieille maison
Dont ils ont, tout le jour, à travers la feuillée,
Vu luire les murs blancs et les tuiles rouillées (4).

Charles DORNIER.
L'Ombre de l'Homme (Lecène et Oudin).

1. Vers le travail qui n'est jamais le même, à l'inverse de celui de l'ouvrier d'usine, mais que chaque saison renouvelle.

2. Tout le monde accomplissant le même travail dans le même endroit, cela fait un lien de plus entre les membres de la famille paysanne. A la ville, il est bien rare que tous les membres de la famille travaillent ensemble ; ils se dispersent tous vers des usines, des ateliers ou des magasins différents. La famille ne se retrouve au complet, et encore, que le soir. Elle est moins unie, moins heureuse.

3. *Les ailes d'argent :* les rames claires.

4. *Le poète, dans ces beaux vers, a admirablement montré le contraste entre la vie à la ville et la vie aux champs, et fait ressortir le bonheur du paysan qui, pas un instant, ne perd de vue sa jolie maison ni les siens.*

89. Le Beau Labeur humain.

Lente, voici venir la fin de la journée :
Le soleil moins ardent se teinte de carmin;
Mais la tâche n'est pas encore terminée,
Et l'horizon gémit d'un grand effort humain (1).

Rumeurs, appels mêlés aux refrains des voix nettes;
On dirait une ruche en fièvre; et, vers le ciel,
Vers le beau ciel d'été tout vibrant d'alouettes,
La terre épanouit son rêve fraternel.

1. La rumeur du travail, plus actif vers le soir, pour achever la tâche commencée, monte de tous les coins de la terre, et cela ressemble un peu à une plainte, comme on se plaint quand on fait un effort plus violent.

Un conseil de sagesse et de bonté s'exhale
Des sillons pour fleurir les approches du soir (1),
Dans une renaissance immense et triomphale
Des êtres à l'orgueil et du monde à l'espoir (2).

Sur le passé fumant vibre la moisson mûre.
Les calmes travailleurs, dès l'aube, sont venus ;
Les faux, parmi les blés, avec un doux murmure,
Plongent au mouvement rythmique des bras nus.

La plaine, sous l'éclair des lames, irradie,
L'odeur des sèves monte en un brouillard vermeil...
Gloire à toi, vieille glèbe (3) où fermente la vie,
Et gloire à vous, là-bas, qui chantez au soleil (4)!

Car voici que pour nous est né le pain superbe
Dont la chair se gonfla de tout l'or des couchants...
Gloire à nous ! Le soir grave a béni chaque gerbe,
Et la paix de la nuit s'écroule sur les champs !

Marcel ROLAND.
(Vox).

1. Le travail des champs ne conseille jamais la révolte comme, parfois, le dur labeur des usines, mais au contraire le travailleur rustique y puise des conseils de sagesse et de bonté.

2. Ceux qui, à midi, étaient peut-être las et découragés, parce que le soir vient d'apporter sa fraîcheur, sa douceur, son calme et sa beauté, se sentent renaître ; ils reprennent confiance et courage ; ils sont maintenant orgueilleux de leur force saine et du noble travail qu'ils ont accompli.

3. *Vieille glèbe :* vieille terre, terre qui de tout temps vis jaillir la vie de ton sein jamais las, jamais épuisé.

4. Soyez glorifiés pour le travail fécond que vous venez d'accomplir joyeusement, en chantant, et dont tous les hommes vont profiter.

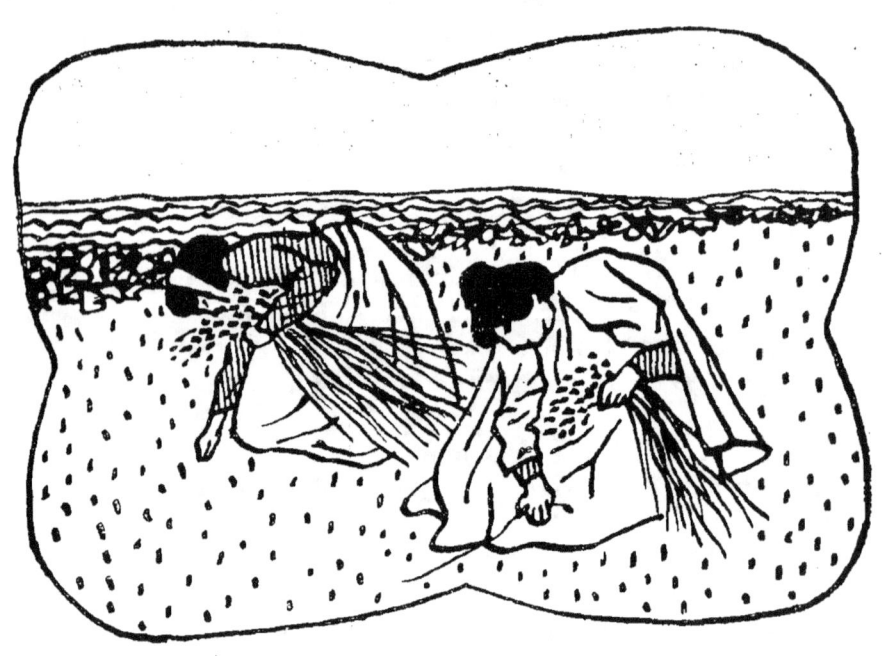

90. La Beauté.

La glaneuse, courbée sur l'éteule (1) qui fume
    Au frais matin couvert,
Ou le pâtre assemblant son troupeau à la brume
    Sur le plateau désert;

La mare plate et luisante que l'aube étame
    Sous les noyers en rond,
Seul dans la coupe où midi verse à flots sa flamme,
    Le pauvre bûcheron;

Le jardin, quand le soir tombant se décompose
    Dans le ciel orageux;
La rustique maison qu'ornent la passerose
    Ou le prunier neigeux;

1. *L'éteule :* le chaume qui reste après qu'on a coupé les blés.

Les grands bœufs bruns tirant les lourds charrois de chênes
Dans l'ornière du bois;
Les bouquets élancés des belles marjolaines
Sur les sombres gravois (1);

Tout ce que nous voyons, champs, forêts, fleuves, sources,
Paysages vivants,
Tristes ou gais, selon nos cœurs, au gré des courses,
Du soleil et du vent (2),

Les simples, les bergers, l'animal et la plante
Qu'on trouve à chaque pas,
C'est la beauté naïve, et d'autant plus touchante
Qu'elle ne le sait pas.

La sente creuse en fleurs ignore qu'elle est belle,
Pareille à la vertu,
Et ce que nous cherchons, le corymbe et l'ombelle
L'ont partout répandu (3).

André MARY. *Les Sentiers du Paradis* (E. Sansot et Cⁱᵉ).

1. *Gravois :* décombres, rocailles.
2. Le poète exprime une pensée que vous avez déjà rencontrée plus haut, à savoir que la nature nous apparaît belle ou laide, propice ou hargneuse, selon que nous sommes joyeux ou tristes, pleins d'espoir ou découragés.
3. *En d'autres termes, et très simplement : la beauté est partout, dans les hommes, les animaux et les arbres, dans les paysages les plus pauvres comme les plus beaux. Il suffit d'ouvrir tout grands nos yeux et notre cœur pour la voir. Les choses les plus simples, les plus familières, les plus quotidiennes, renferment une parcelle de beauté. Tâchons de tout notre cœur à la découvrir. Regardons sans nous lasser autour de nous, nous y découvrirons sans cesse de nouveaux motifs de joie, de nouveaux motifs d'espérer. C'est à cela, rien qu'à cela, qu'a tendu ce petit livre que vous avez enfin étudié en son entier. Chaque poète, selon son génie, mais toujours d'une manière neuve et admirable, vous a montré une parcelle de beauté gisant dans les choses que vous voyez tous les jours. Faites désormais comme ces divins chanteurs, regardez de tous vos yeux. Tout, autour de vous, est admirable. Et vous êtes entourés de bonheur, de splendeur et de sagesse. C'est à vous de découvrir ce beau trésor. Puissent les vers de ce recueil vous y avoir aidés.*

TABLE

Paris. — Imp. LAROUSSE, 17 rue Montparnasse.

www.ingramcontent.com/pod-product-compliance
Lightning Source LLC
Chambersburg PA
CBHW060819250626
47162CB00005B/1863